ÉRIC PESSAN

# L'HOMME QUI VOULAIT RENTRER CHEZ LUI



*l'école des loisirs*
11, rue de Sèvres, Paris 6e

*Couverture : Tony Weller / Getty Images (immeuble)*
*Shutterstock (ciel étoilé)*


*Loi n° 49.956 du 16 juillet 1949 sur les publications*
*destinées à la jeunesse : janvier 2019*
*Dépôt légal : janvier 2019*

ISBN 978-2-211-23989-9

*Les démolisseurs viendront et leurs masses feront éclater les crépis et les carrelages, défonceront les cloisons, tordront les ferrures, disloqueront les poutres et les chevrons, arracheront les moellons et les pierres : images grotesques d'un immeuble jeté à bas, ramené à ses matières premières dont des ferrailleurs à gros gants viendront se disputer les tas : le plomb des tuyauteries, le marbre des cheminées, le bois des charpentes et des parquets, des portes et des plinthes, le cuivre et le laiton des poignées et des robinets, les grands miroirs et les ors de leurs cadres, les pierres d'évier, les baignoires, le fer forgé des rampes d'escalier…*

*Les bulldozers infatigables des niveleurs viendront charrier le reste : des tonnes et des tonnes de gravats et de poussières.*

Georges Perec, *La vie mode d'emploi.*

*Tu peux vivre heureux ici, je peux prendre soin de toi. Je ne laisserai personne te faire du mal. Nous pouvons grandir ensemble, E.T.*

Steven Spielberg, scénario du film *E.T.*

# 10

Un homme court pour sauver sa vie. C'est la nuit, cela se passe juste en bas, quand plus personne ne met le nez dehors, entre 3 heures et 5 heures du matin ; les rues et les boulevards sont désertés, pas un seul bus ne circule, les gens dorment. Enfin, la plupart des gens. Parce que je ne dors pas, je suis assis dans mon lit, j'écoute. Un bruit m'a réveillé, je tends l'oreille, n'entends rien de particulier, puis des pneus crissent au loin et un moteur ronfle. Rien ne vibre dans l'immeuble, personne ne parle, ne marche. Aucun bébé ne pleure. Je me tourne dans le lit, j'aimerais me rendormir.

Le quartier est plutôt calme : à part quelques trafics dont il vaut mieux ne pas se mêler, il ne se passe rien. Et cette nuit un homme sprinte, il détale comme un fou, se force à respirer profondément pour ne pas s'essouffler trop vite, ne pas être stoppé par un point de côté ou une crampe brutale. Il file, c'est à peine si ses pas résonnent sur le bitume. Il ne peut pas s'arrêter une seconde, il n'a pas le droit à l'erreur : il doit semer ses poursuivants. C'est vital.

Je coince ma couette sous mes épaules. J'habite au troisième étage, il me semble avoir entendu claquer des talons. Ai-je vraiment entendu une course-poursuite ? C'est le début de l'été, mon store est baissé, mais j'ai laissé la fenêtre grande ouverte. Je ne sais pas comment on court quand on est poursuivi, c'est une situation dans laquelle j'espère ne jamais me retrouver. Avec un peu de chance, je n'aurai jamais à courir pour sauver ma peau.

On sait si peu de chose, en fait. On se prend une gifle de notre père, une fois, et on a l'impression que notre vie est finie. Mais, un peu partout dans le monde, ce sont des coups de couteau qui s'échangent, des balles qui trouent les corps, des machettes qui coupent, et des bombes qui explosent. J'ai déjà eu pas mal d'ennuis avec des abrutis qui voulaient me racketter dans la cour de l'école primaire. Norbert, mon grand frère, s'est fait attaquer au collège, sans vraie raison, juste parce que des types prenaient plaisir à harceler d'autres personnes. Il y a toujours quelqu'un quelque part qui trouvera drôle de s'en prendre à plus faible que lui. Norbert n'a rien voulu raconter, alors j'ai été obligé d'imaginer la scène : des grands se rassemblent, ils coincent leur proie dans un couloir, et jouent avec lui comme un chat joue avec une souris avant de la bouffer.

Je sais que Norbert a eu des problèmes, j'ai espionné une conversation de nos parents, papa disait que Norbert était un lâche. J'ai écouté un instant, puis j'ai reculé sur la pointe des pieds et je me suis enfermé dans ma chambre. J'avais honte. Honte que mon frère soit un lâche et honte que papa dise une chose pareille. Les parents devraient aider leurs enfants, non ? Il ne faut pas trop compter sur papa pour prendre rendez-vous avec le professeur principal si Norbert ou moi avons une difficulté. Ce sont nos problèmes, à nous de les régler.

Dans mon lit, tout à fait éveillé, je tends l'oreille. Le parking est redevenu silencieux. Je repense au film que je me suis fait : quelqu'un courant pour sauver sa vie. Comment est-il possible que des gens veuillent tuer quelqu'un ? Comment peut-on avoir envie d'assassiner un être humain ? C'est incroyable quand on y pense : poursuivre un homme pour lui faire la peau. Ce qu'il faut de haine ou de stupidité ou d'aveuglement pour souhaiter provoquer la mort d'un être humain.

Un nouveau bruit monte du parking : une voiture roule, très lentement. J'écoute le ronron du moteur. Je suis tendu, la voiture passe. Je ne comprends pas mes inquiétudes, je ne sais pas pourquoi je suis dans cet état. Je devrais me rendormir.

Courir, je n'ai jamais aimé. Je préfère être tranquillement dans mon lit. Je ne cours qu'en sport, lorsque le prof ne m'en laisse pas le choix. Ou lorsque je crains de louper un bus. Je ne cours presque jamais. Je sais qu'à la rentrée – en cinquième – je devrai courir, il y a cross au programme. Je n'aime pas le sport, je n'aime pas le foot, je n'aime pas les efforts. Je m'essouffle vite.

En bas, un homme court parce que s'il s'arrête il va mourir.

La nuit est encore longue, je n'ai plus envie de me rendormir, j'envoie quelques SMS, erre sur les réseaux sociaux mais personne n'est réveillé. On est en juillet, l'été débute à peine, je ne pourrai pas compter sur les amis avant la fin de matinée. De l'autre côté de la cloison, j'entends mon frère bouger. Il a lui aussi été réveillé, peut-être par les mêmes bruits. Un crissement de pneus monte de la rue. Les sonorités font penser à une chasse, à une course-poursuite. J'ai trop d'imagination, ce sont des gens qui s'amusent, ou des crétins qui font ronfler leur moteur. Rien d'inquiétant ne peut se passer.

Et pourtant, un homme court. S'il trébuche, s'il tombe, s'il se tord une cheville ou s'il ralentit, ceux qui le pourchassent vont lui mettre la main dessus. Et il mourra. Et jamais je ne pourrai le rencontrer pour raconter son histoire à sa place. Alors il ne faut pas qu'il se fasse prendre, il faut qu'il soit rapide, vif, rusé, discret. Il faut que ses muscles roulent comme une mécanique parfaite. Il faut que ses forces ne l'abandonnent pas. Il faut que la panique ne l'aveugle pas. Comment court-on quand on a peur ? Le danger, c'est sans doute de commettre des imprudences, de foncer sans analyser l'endroit où l'on se trouve, d'aller se fourrer dans des impasses. C'est peut-être le plus difficile : penser et courir en même temps, ne pas céder à la panique qui fait faire n'importe quoi.

Dans la chambre d'à côté, Norbert s'est levé et il marche. Un vrai éléphant qui ne sait pas être discret. Je tends l'oreille : tout est silencieux dehors, j'ai envie de me lever pour entrouvrir les stores, j'hésite une petite seconde et ne bouge pas, je suis bien dans mon lit, enroulé dans ma couette. *Une momie,* dit maman, *pourquoi tu gardes cette couette même l'été ?*

Mon cœur s'emballe soudainement. Je n'ai jamais ressenti une telle chose. Je ne suis pas du genre à prendre les rêves ou les intuitions au sérieux. Les idées se bousculent dans ma tête : je pense aux films que j'ai vus, c'est ma seule expérience de course-poursuite. Ma vie est d'une absolue tranquillité. Norbert, lui, a pris des risques une fois, il a fait un truc terrible qui aurait pu le tuer, mais ça c'est une autre histoire, je n'aime pas trop m'en souvenir. À la maison, personne n'en parle. C'est tabou, secret. Comme une cicatrice au poignet que l'on cache en tirant sur la manche de son pull. Dans la famille, il faut dire que l'on ne parle pas beaucoup, alors, quand Norbert a pété les plombs, papa l'a puni, et l'affaire a été close. Plus un mot à ce sujet.

Un coup, brusque, en bas. Comme un corps qui heurte une poubelle. J'écoute à nouveau. Sous l'effet de la peur, on fait n'importe quoi parce qu'on ne réfléchit pas assez. Dans les films d'action, parfois, on ne comprend pas pourquoi un personnage secondaire s'enfuit pile en direction du tueur : on se dit que le scénario ne tient pas la route, qu'on prend le spectateur pour un crétin. En réfléchissant bien, au calme, je me demande si justement ce n'est pas terriblement réaliste : le personnage a tellement peur qu'il part dans la mauvaise direction parce que son cerveau est totalement paralysé.

Je n'en sais rien.

C'est difficile de se mettre dans la peau d'un autre et de raconter ce que l'on n'a pas vécu.

Là, au beau milieu de la cité, un homme court, il fonce tête baissée et plonge le long d'une haie derrière laquelle il s'accroupit pour reprendre son souffle. Les battements de son cœur sont si forts à ses oreilles qu'il est persuadé qu'on peut les entendre à des dizaines de mètres alentour. Il crache un peu de salive, elle a un goût de métal. Ses jambes ne tremblent pas, sa volonté ne vacille pas. Il est poursuivi depuis plusieurs heures, il ne va pas craquer maintenant. Il ne pleurera pas, il ne criera pas au secours. D'ailleurs, cet homme ne connaît pas un mot de français. S'il le voulait, il ne pourrait pas appeler à l'aide.

Lentement, une voiture glisse sur la route qui traverse de part en part la cité. Ses fenêtres sont ouvertes, ses phares allumés. À l'intérieur, cinq silhouettes. Des ombres. Des menaces.

La voiture longe la haie derrière laquelle l'homme se tasse. S'il pouvait creuser un terrier et s'y cacher, il le ferait.

L'homme n'a pas d'outils, pas d'armes. Il porte un pantalon brun taché, une vieille chemise à carreaux, des baskets usées. Ses vêtements ont quinze ans de retard sur la mode, ils ressemblent aux vieux habits dont on se débarrasse en les donnant à des associations ou en les jetant dans des bacs de recyclage disposés sur les places du quartier, comme celui du Relais à l'angle du centre commercial, plus bas. C'est sans doute ce qu'ils sont : des vêtements offerts par la Croix-Rouge ou dérobés dans un conteneur éventré.

Trop lentement et trop silencieusement, la voiture a dépassé l'endroit où l'homme tente de faire taire les battements de son cœur. Ceux qui le traquent ont perdu sa trace. Enfin.

Dans la voiture qui glisse à l'angle de l'immeuble, l'un des passagers, celui qui est assis à l'avant, joue nerveusement avec un couteau papillon dont le manche se divise en deux pour servir d'étui à la lame repliée. Il le fait jaillir de sa main, le fait pivoter entre ses doigts : la lame apparaît, disparaît, réapparaît. L'homme – sans nul doute – a vu le geste dans les films d'action à la télévision, il s'est entraîné à le reproduire, pour se donner un genre, pour impressionner, parce qu'il croit que les mafieux font ce genre de choses pour avoir un air plus féroce. Lassé de supporter les cliquetis et les acrobaties virevoltantes du couteau, le conducteur aboie un ordre sec et l'homme range immédiatement son arme. La langue employée est peut-être du russe.

Une autre voiture effectue une grande boucle autour de la cité, elle roule vite, l'homme qui conduit s'amuse : c'est lui qui fait vrombir le moteur et fumer les pneus. Il veut que le fugitif l'entende, il veut lui faire peur. À l'intérieur, trois hommes aux visages mangés par l'obscurité. Ils savent que leur proie est par là, dans cette cité, tapie au pied d'un immeuble ou cachée dans un des squares destinés aux enfants.

Les portes des immeubles sont verrouillées, le fugitif n'a ni clé ni code. Les serrures qui nous protègent la nuit nous empêchent tout autant de porter secours aux voyageurs égarés comme aux hommes traqués.

Il reprend son souffle. Il est possible que des tics nerveux agitent les traits de son visage ou parcourent ses muscles. C'est la nuit, on voit mal, la haie n'est pas éclairée, les lumières des lampadaires du parking ne portent pas jusque-là.

De l'autre côté de la cloison, Norbert écoute maintenant de la musique, il a mis un casque, mais, comme il écoute trop fort, le rythme traverse le mur : ça fait comme un craquement aigu, comme un moustique qui tournerait autour de la tête la nuit. Le chuintement m'énerve, je n'ai aucun goût en commun avec mon frère, je n'ai jamais compris comment on peut mettre le son aussi fort. Norbert écoute de la *dance*, des trucs à la mode, de la musique-sirop qui colle aux oreilles, de la musique pour boîtes de nuit dans lesquelles il est trop jeune pour entrer. Il écoute sans écouter, il ne connaît jamais le nom des groupes, c'est comme s'il recouvrait sa tête de décibels et de rythmiques pour ne pas entendre le silence. Ou pour se cacher derrière le mur du son ?

Le fugitif se redresse, en plus des deux voitures, d'autres personnes sont à ses trousses : des hommes à pied. Il les a vus plus tôt, ils avaient sorti des couteaux à son approche, et il a réussi à les semer dans le dédale du lotissement qui jouxte la cité.

Au loin passe une autre voiture, peut-être sans lien avec cette histoire : le fuyard replonge, il ne prend aucun risque, chaque véhicule représente un possible danger. S'il veut survivre, il ne doit pas se relâcher, il ne peut faire confiance à personne. Un grand silence s'abat sur la cité, seul un bourdonnement irrégulier provient du périphérique situé à quelques centaines de mètres. Les façades des immeubles forment des blocs d'obscurité, pas une seule lampe ne brille derrière une vitre. Dans peu de temps, les réveils sonneront, et ceux qui travaillent très tôt seront occupés à reproduire les gestes familiers qu'ils répètent matin après matin, mais, pour l'heure, c'est calme, très calme. D'un pas furtif, il s'approche du plus haut des immeubles : dix-huit étages d'opacité dressés au milieu de la nuit, sa main trouve la poignée de la porte. Il est possible que l'homme n'ait pas encore essayé de trouver refuge dans un bâtiment, il est possible qu'il ignore tout des verrous et des interphones, il est possible qu'il ait déjà essayé dix, vingt, trente portes soigneusement closes mais qu'il garde espoir d'en trouver une ouverte, toujours est-il qu'il pousse la poignée et que la porte s'ouvre. Il ne sait pas que l'interphone est cassé depuis deux semaines, que les habitants de la tour ont fini par ne plus verrouiller l'entrée, excédés de devoir descendre dès qu'un ami ou un parent leur rend visite. Depuis l'annonce du plan de rénovation urbaine plus rien n'est entretenu. La société de HLM ne va pas investir un centime pour réparer un interphone qui devra être démonté dans quelques mois.

Le plus silencieusement possible, le fugitif entre, il n'allume aucune lumière. Parvenu au fond du hall, il a certainement un instant d'hésitation : monter ou descendre ? Il réfléchit vite : en haut habitent des gens, claquemurés et possiblement hostiles vis-à-vis d'un étranger traînant dans les escaliers en pleine nuit. Il descend : ce sont les caves, des portes de bois brut ouvrant sur des locaux de quatre mètres carrés encombrés de cartons, de vieux meubles, de vélos parfois, toutes fermées par de gros cadenas, à l'exception d'une seule : la cave de notre appartement que Norbert a oublié de refermer hier soir. Son vélo est jeté contre le mur de parpaings. La cave est presque vide : nos parents stockent là des trucs à moitié cassés qui pourraient encore servir, un vieil aspirateur qui n'aspire presque plus, la table basse en verre dont mon lourdaud de frère a fêlé le plateau par accident voilà trois ans, l'emballage de la télévision, celui de la box Internet, des vêtements qui ne vont plus à personne, les jouets que nous avions enfants. L'homme étend au sol un manteau trouvé dans un carton et s'allonge. Il respire lentement, n'arrive pas à trouver le sommeil tout de suite, il repense à la traque, à l'endroit d'où il vient, à ce qu'il fera demain. Il demeure sur ses gardes : être dans une cave le sauve tout en l'enfermant dans une cage. Il n'y a pas d'autre issue que l'escalier. Le visage de l'homme est invisible dans l'ombre du sous-sol. Il regarde dans le noir, dans le vide, il semble impossible qu'il puisse s'abandonner au sommeil et pourtant il finit par s'endormir puisque Norbert le trouvera et le réveillera dans quelques heures.

Plusieurs voitures glissent entre les immeubles, des hommes marchent, s'envoient des SMS, chuchotent dans un français maladroit. S'ils ont perdu la trace de leur proie, ils savent qu'elle n'est pas loin. Le fugitif est entré dans la cité et il n'en est pas ressorti.

Plus personne ne bouge dans la chambre d'à côté, Norbert s'est rendormi, les écouteurs aux oreilles. La nuit est si calme que je ne suis plus certain d'avoir entendu des bruits tout à l'heure, je coupe mon téléphone, ça ne sert à rien d'envoyer des messages, tout le monde dort.

C'est une de ces nuits où il n'y a qu'à attendre l'arrivée du jour en regardant danser les lumières des phares sur le plafond et en écoutant les bruits de la rue.

Il est possible que la traque n'ait pas ressemblé à la manière dont je l'imagine en l'écrivant, mais peu importe. Je ne parviendrai jamais à recomposer en détail ce qui s'est passé cette nuit.

Il est également possible que, de rage, un des hommes en bas donne un grand coup de pied dans une poubelle : j'entends le boucan qu'elle fait en se renversant et je m'endors à mon tour.

# 9

Le fugitif, mon frère tombe sur lui en descendant à la cave. Ou plutôt, c'est l'homme qui lui tombe dessus. Je ne sais pas pourquoi Norbert s'est levé tôt, je ne sais pas ce qu'il va faire en bas. Depuis le début des vacances, il n'est à la maison que pour les repas. J'ai tenté de comprendre où il se rend chaque jour, je lui ai posé la question, il m'a regardé en silence, s'est retourné et il est parti sans me dire un mot. J'imagine que dans un monde idéal nos parents s'inquiéteraient, notre père exigerait de savoir ce qu'il fait de ses journées. Le monde n'est pas idéal. On bricole chaque journée avec le peu d'éléments que l'on a en main. Depuis deux ans, c'est comme si les parents avaient oublié l'existence de Norbert. Il fait ce qu'il veut. Tant que personne ne s'en plaint, ni papa ni maman n'y trouvent à redire.

Il y a un an et demi, Norbert a trouvé une grenade dans une maison abandonnée et il a eu l'idée géniale de l'emporter avec lui au collège et de la brandir le midi, à la cantine. C'est la chose dont il ne faut pas parler à la maison. Autant dire qu'à la suite de cet épisode Norbert était resté dans le collimateur des professeurs, des élèves, des surveillants comme du proviseur. Il avait échappé de peu à l'exclusion. Et les choses avaient lentement empiré : il était le gars bizarre, le dingo, le type qui aurait pu tuer tout le monde. Au fil des mois, Norbert s'est retrouvé séparé des élèves par un mur invisible. Et je crois bien qu'il n'a pas fait beaucoup d'efforts pour aller vers les autres. Même ses amis de toujours ont fini par se lasser de lui et de ses silences. J'étais en CM2 à l'époque, j'ai compris l'année suivante, quand je suis rentré en sixième, que Norbert avait laissé des traces indélébiles au collège. On m'a regardé de travers, on riait dans mon dos. J'étais le frère du tordu. Dans la cour, je voyais Norbert toujours seul. Personne ne l'embêtait, même les caïds du collège avaient un peu peur de lui. Un gars capable d'avoir une grenade dans son sac, vaut mieux lui ficher la paix. Puis il a commencé à sécher, à arriver systématiquement en retard, à ne plus rien faire en classe. Fatalement, comme il était en sursis, il s'est fait virer et il a fini cette année dans un autre collège, où ses résultats ne se sont pas améliorés. Je suis même persuadé que Norbert s'en fiche, qu'il a tout fait pour être renvoyé une seconde fois. Cela l'aurait arrangé. La seule fois où il a parlé de son nouveau collège, il a dit qu'on le traitait comme un pestiféré. Mon frère, il pense que son avenir est tout tracé. Alors il ne voit pas pourquoi il doit apprendre des verbes irréguliers anglais, des théorèmes ou le nombre d'habitants de pays où il n'ira jamais. *Je ne suis pas pressé de finir au chômage,* il dit, *ou vendeur de nourriture pour chiens, ou je ne sais quoi. Un jour, j'aurai seize ans et plus personne ne pourra me forcer à aller apprendre des trucs qui ne servent à rien.*

Quand il dit des trucs comme ça, il devient tout rouge et ça finit en crise : papa s'énerve, maman part pleurer dans sa chambre. D'un côté, je comprends Norbert : plus jeune, il avait trimé, mais apprendre ce n'est pas son truc. Il a totalement décroché. Et le changer d'établissement ne guérit pas son manque de motivation en classe.

Notre père, il fait le malin, il parle tout le temps du travail à l'école, il nous répète qu'il faut que nous ayons les meilleures notes pour pouvoir choisir nos métiers plus tard. Son truc, c'est de dire que si on travaille mal on finira maçon. Je ne sais pas pourquoi maçon et pas balayeur ou équarrisseur dans un abattoir. À l'entendre, il n'y a pas pire métier. Ça me fait bien rire, papa n'a jamais été capable de signer un contrat de travail de plus de trois mois. Maman n'arrête pas de conseiller à Norbert d'aller jusqu'en troisième pour avoir son brevet. Qu'est-ce qu'il va en faire de son brevet ? L'encadrer et le mettre dans sa chambre ? Ce n'est pas un brevet qui l'aidera à trouver du travail.

Je ne dis rien, je suis plutôt content que ce soit Norbert et pas moi qui soit dans le collimateur. J'ai fini ma sixième tranquillement, presque plus personne ne parle de lui au collège, si les élèves n'oublient pas qu'un dingo a failli tuer tout le monde, ils oublient que c'est mon frère.

L'an dernier, Norbert a redoublé.

Tout au long de l'année, quand Norbert arrivait en retard en classe – c'est-à-dire un jour sur deux – et que la vie scolaire téléphonait à la maison, c'est sur papa qu'ils tombaient : chaque fois ils le réveillaient.

Un soir, à table, Norbert a dit qu'il se lèvera à l'heure quand papa décidera de faire autre chose de sa vie que de dormir jusqu'à midi. Il s'est pris une claque. Il a fixé papa dans les yeux, une seconde de stupeur et de colère s'est éternisée, et il est parti dans sa chambre.

Parfois, je voudrais aller vers lui. J'essaie, je lui dis un truc ou deux, je frappe à la porte de sa chambre. Mais il ne répond pas, ou me demande de le lâcher. Alors je laisse tomber. Je ne sais pas à quoi ça devrait ressembler une relation entre deux frères. Je n'ai que lui. Papa a une sœur qu'il ne voit jamais, un frère qu'il n'appelle que s'il a un service à lui demander, et maman est fâchée avec toute sa famille.

Ce matin, je suis encore au lit, j'entends Norbert se lever en faisant un boucan terrible, je regarde l'heure : 7 h 20. Je suis réveillé, mais je n'ai pas envie de croiser ce balourd, j'attends qu'il claque la porte pour me lever à mon tour.

Mon père ronfle dans sa chambre et ma mère est déjà partie travailler. Maman est préparatrice de commandes en pharmacie, c'est joli sur les fiches que font remplir les professeurs, ça ressemble presque à un vrai métier, on dirait qu'elle accomplit un travail intéressant. Préparatrice de commandes, cela signifie qu'elle passe ses journées dans un gigantesque entrepôt trop chaud l'été et trop froid l'hiver. Là, sur des kilomètres de rayonnages, s'alignent des médicaments de toutes les marques pour soigner toutes les maladies. Du matin au soir, ma mère prend des bordereaux et remplit des cartons qu'elle pousse sur un petit chariot. Un beau métier où il suffit de savoir lire pour ne pas se tromper de boîte. Et le soir, quand elle rentre, elle s'effondre sur le canapé en se plaignant d'avoir mal aux pieds. Un jour, Norbert était de sale humeur, pendant qu'elle gémissait à cause de sa fatigue, il lui a dit d'aller prendre des médicaments plutôt que de les mettre dans des cartons. C'est vrai, il y a forcément des pilules ou des pommades pour soulager ses jambes et ses pieds d'avoir piétiné durant huit heures. Ce jour-là, comme souvent, mon père a réagi en lui donnant une gifle. On ne parle pas comme ça à sa mère, papa a crié. Une baffe et l'affaire a été close. Papa a ajouté que Norbert était bien content d'avoir une mère qui rapporte un salaire à la maison.

Mon frère n'a pas bronché. Je me suis dit que papa est lui aussi bien content que sa femme travaille à sa place, mais j'ai gardé mes pensées pour moi. Ma mère pleurait, c'était assez. Je n'aime pas la voir triste.

Norbert s'est juste enfoncé un peu plus dans le silence, moi j'étais encore une fois content que l'orage évite de gronder dans ma direction.

D'une certaine façon, c'est pratique d'avoir un frère comme Norbert. Un frère qui insulte un prof, change de collège, trimballe une grenade dans son cartable, accumule zéro sur zéro, redouble, ça me permet d'être invisible. Je passe en cinquième, j'ai des notes ni trop hautes ni trop basses, je ne fais pas trop de bêtises, je ne réponds pas à mes parents, alors je suis transparent. Papa et maman me fichent la paix.

Je m'égare, ce n'est pas facile de bien raconter, je ne sais pas faire, je n'ai jamais aimé les rédactions, les exercices de français. Même à l'école primaire, quand il fallait raconter le soir de Noël ou inventer la suite d'un texte, je restais sec. Je voulais dire que, ce matin, quand Norbert a ouvert la porte de la cave, le fugitif lui est tombé dessus.

D'après ce que m'a raconté mon frère, il descend les escaliers, va jusqu'à la cave, pousse la porte qu'il n'avait pas fermée la veille et sans comprendre se retrouve propulsé contre le mur du couloir. Une silhouette a foncé droit sur lui et lui a porté un coup de tête en plein dans le plexus. Le crâne de Norbert cogne contre les parpaings, pas assez pour l'assommer, assez pour lui faire mal et lui laisser une bosse impressionnante en souvenir. Il glisse au sol, lève les yeux, et il voit le fugitif, un homme étrange. Physiquement étrange. Sa peau est blanche, tellement qu'elle paraît peinte ou recouverte de farine. *J'ai déjà vu des gens pâles mais jamais à ce point : il a la couleur d'une feuille de papier, avec une ou deux taches brunes sur le visage,* m'a raconté Norbert. *Son nez est épaté, ses lèvres sont très épaisses, ses cheveux sont coupés en brosse.* Quand mon frère me décrit l'étranger, il m'explique avoir pensé à un Noir qui s'est peint en blanc.

Ignorant qu'à cet instant précis mon frère est au sol à cause d'un fugitif, je sors des toilettes et la sonnette de la porte d'entrée retentit. Comme papa dort encore, je regarde par l'œilleton. Un type en costume se tient dans le couloir, raide, le visage sec. Il a vu que quelqu'un a regardé. Il sonne encore et – sans me l'expliquer – je ne réponds pas. Je reste à le regarder. Depuis que la mairie a annoncé la réhabilitation du quartier, ça n'en finit plus de sonner à notre porte : les élus viennent pour soi-disant nous écouter, les employés de la société de HLM passent pour nous expliquer les travaux, des locataires ont monté une association pour protester contre la rénovation. Le type attend encore quelques secondes ; ce n'est pas un habitant de la tour, ce n'est pas non plus un démarcheur : qui ferait du porte-à-porte avant 8 heures du matin ? L'homme a un petit rictus agacé. Il n'a pas vraiment l'air de travailler à la mairie.

Il se lasse, va sonner en face, attend, et comme personne ne répond, il s'éloigne.

Dans la cave, l'étranger tente de s'enfuir. Par réflexe, Norbert accroche sa jambe au moment où le fugitif saute par-dessus lui. L'inconnu trébuche, tombe en poussant un cri terrifiant, et il ne bouge plus.

J'en suis à me verser des céréales dans un bol quand Norbert déboule comme un fou, il me dit de venir voir, il me dit qu'il a peut-être tué un homme. Norbert passe son temps à exagérer tout ce qu'il raconte, je relève à peine la tête de mon bol, qu'il fasse son mythomane si ça lui chante, il n'a pas besoin de me faire croire à ses histoires, il fait ce qu'il veut, il est grand et je ne suis que son petit frère.

*Jean-François,* il dit, *c'est sérieux*. Jamais il ne m'appelle par mon vrai prénom, c'est réservé aux professeurs et à nos grands-parents. Moi, c'est Jeff. Je le dévisage : ses yeux sont exorbités, il est essoufflé comme s'il avait couru dans les escaliers, c'est le signe qu'il ne ment peut-être pas. Dans le désordre, il me raconte qu'un homme était caché dans notre cave, que l'homme l'a attaqué quand il a voulu prendre son vélo, et qu'il l'a fait tomber, sa tête a cogné contre le mur de parpaings. Il est en bas, immobile. Peut-être mort. Norbert s'embrouille en racontant, les mots n'arrivent pas dans sa bouche dans le bon ordre. Tout à coup, il s'approche, se penche, montre sa bosse bien visible sous ses cheveux coupés court.

*On réveille papa ?* je demande. Les yeux de Norbert roulent deux fois plus vite. Je ne lui laisse pas le temps de crier, j'enchaîne en m'excusant. *Ce n'est pas une bonne idée. On va aller voir si l'homme est mort ou vivant, et ensuite on prendra une décision.*

Avant de descendre, je file dans ma chambre et je prends mon couteau, celui que mon grand-père m'a donné – le père de notre père – pour mes douze ans, en m'expliquant qu'un homme doit avoir un couteau. Mes parents m'ont fait promettre de ne jamais l'emporter au collège sous peine de le voir disparaître dans la poubelle et de passer le restant de ma vie sans Internet ni téléphone portable. J'ai eu beau leur expliquer que je ne suis pas assez crétin pour transporter des armes dans mon cartable, j'ai eu un mal fou à le garder. Je crois même que papa et maman se sont disputés à cause du cadeau, papa défendant son père et maman rétorquant qu'il n'est pas étonnant que Norbert fasse des bêtises avec un tel grand-père.

Le couteau est un Opinel au manche en bois clair, pour l'ouvrir il faut faire tourner une bague et tirer la lame. Sur le manche est gravé mon prénom. Le vrai, hélas, Jean-François, pas Jeff.

La présence du couteau dans ma poche me rassure. On descend par les escaliers, le hall de l'immeuble est désert, on ouvre la porte qui mène à la cave. Mon frère ne cesse de parler, il me dit que son vélo n'a pas été volé, que c'est pourtant la seule chose d'un peu de valeur de la cave, qu'il n'est pas sûr d'avoir vu la tête de l'homme taper contre le mur, que l'homme est bizarre, qu'il ressemble physiquement à un Noir mais que sa peau est tellement blanche qu'elle paraît artificielle. *Un albinos ?* je demande. Norbert me regarde en silence comme chaque fois qu'il ne connaît pas un mot ou ne comprend pas quelque chose. Il a beau être mon grand frère, je le déteste quand il prend cet air ahuri. Pour rien au monde il n'avouerait ne pas savoir une chose, alors il laisse filer les occasions d'apprendre, d'être curieux, de savoir. Je n'ai pas le temps de lui expliquer, nous arrivons tout en bas. Je glisse une main dans la poche de mon pantalon et serre le manche du couteau. Je me dis que l'on aurait peut-être dû réveiller papa.

On fait un pas, un autre, on marche l'un contre l'autre, et nous voici devant la porte qui ouvre sur le couloir des caves ; Norbert ne bouge plus, il évite mon regard. J'ai compris, je sors la main de ma poche, je saisis la poignée, je pousse et l'homme est là : debout, à deux mètres de nous, ses yeux nous fixent. Norbert ne m'a pas menti : sa peau est d'une blancheur surnaturelle. Son visage n'exprime rien : ni colère, ni effroi, ni tension, ni surprise. C'est comme s'il portait un masque. Passent une, deux, trois secondes. Puis l'homme pousse un cri qu'aucune gorge ou bouche ne pourrait émettre. Cela ressemble à la stridulation d'un criquet ou d'une sauterelle, mais en mille fois plus fort. J'en ai la chair de poule, et ce n'est pas une image : les poils de mes avant-bras se dressent littéralement.

À cet instant, la minuterie arrive en bout de course et la lumière s'éteint et je pousse un cri à mon tour, un cri bien trop perché et aigu. Depuis la fin de l'hiver, j'ai la voix qui mue, parfois je m'entends parler comme si j'étais un personnage de dessin animé.

Je me dis que l'homme va en profiter pour nous sauter dessus, je rentre la tête dans les épaules, j'ai peur, je ne sais plus quoi faire. Je pense à mon couteau et je réalise alors combien il est inutile. Je peux tailler un bout de bois avec, je peux jouer à le planter sur la planche qui me sert de bureau avec ses deux tréteaux, mais je ne serai pas capable de l'utiliser pour me battre.

Une nouvelle seconde passe, Norbert recule. Mon frère est venu me chercher et maintenant il me laisse tomber. Brusquement, quelque chose me pousse, Norbert hurle, la porte s'ouvre dans notre dos et j'ai à peine le temps d'apercevoir la silhouette de l'homme en contre-jour qu'il a détalé dans l'escalier. La porte claque et nous revoici dans le noir.

Une éternité s'écoule avant que j'aie le courage d'avancer. Mes yeux s'adaptent lentement à la pénombre. Très lentement, je vais jusqu'à l'interrupteur dont le bouton orangé tremble à deux mètres de nous. J'allume. Norbert pousse un cri. L'homme nous a laissés seuls avec nos pensées et notre peur.

Quand on remonte, le fugitif n'est nulle part : ni dans le hall ni dehors sur le parking. C'est comme s'il s'était évanoui. On discute deux minutes Norbert et moi, il me redit comment cet homme lui est tombé dessus dans la cave. Je lui réponds que ce n'était pas un fantôme puisqu'il m'a bousculé. J'en profite pour lui demander pourquoi il se lève si tôt pendant les vacances et où il va. Norbert détourne son regard du mien, hésite un instant, plante ses yeux dans le sol. *Il faut que j'y aille,* il dit. Et il redescend prendre son vélo à la cave. Je n'insiste pas. J'attends qu'il remonte avec le cadre sur son épaule, et je le regarde filer.

Qu'il me remercie est exclu. Comme il est exclu qu'il réponde à mes questions.

Je sors un instant prendre l'air, j'ai encore dans les oreilles le cri de l'homme, je revois son visage impassible. Dehors, le ciel est couvert, bas et gris. Je lève les yeux vers l'immeuble : les stores de la chambre de papa sont encore fermés. Les arbres le long du parking souffrent déjà du soleil. Les feuilles jaunissent, l'été est chaud, j'ai entendu dire qu'une nouvelle canicule se prépare.

Je n'arrive pas à chasser le cri de cet homme alors je glisse mes écouteurs dans mes oreilles, je mets le son à fond pour me sentir mieux.

J'ai cru que je ne reverrais jamais le fugitif. Là encore, je me trompais.

Il est possible que sur la route qui longe l'immeuble passent des voitures où des hommes qui n'ont pas dormi de la nuit scrutent les trottoirs. Je n'en sais rien. J'écoute Korn chanter *Falling Away from Me.*

Je finis par rentrer et remonter à l'appartement, j'ai faim, mon bol de céréales m'attend sur la table. Comme je prends l'escalier, je tombe sur le type qui a sonné à la porte tout à l'heure. Il se met en travers de mon chemin, il me bloque le passage. Je lève les yeux vers son visage, j'enlève un écouteur d'une oreille. Le type ne sourit pas. Dans un roman, on écrirait que ses traits sont taillés à la serpe. Je ne sais pas trop ce que cela signifie, mais j'ai l'impression que cela brosserait un portrait crédible de son visage sec et dur. Avant même qu'il ouvre la bouche, je comprends qu'il ne travaille pas pour les HLM, sa présence n'a rien à voir avec la rénovation du quartier. Avec un accent inconnu et en parlant très lentement, il me demande si je n'ai pas vu un homme étrange. *Un Nègre blanc,* il ajoute. Il ne m'a pas dit bonjour, je n'aime pas qu'il emploie le mot « Nègre », je fais non de la tête. Le type me fixe quelques secondes, droit dans les yeux, un instant passe, puis il décroche son regard du mien et descend les escaliers à toute vitesse, me laissant seul.

Là, je réalise que mon cœur bat à se rompre dans ma poitrine.

Dans cette histoire, il y a de nombreuses choses que je ne saurai jamais et quelques-unes que j'apprendrai plus tard. Ainsi, pendant que je finis mon petit déjeuner et que mon père dort encore, le fugitif n'est pas allé loin. Peut-être est-il sorti de l'immeuble, a-t-il fait quelques pas et a-t-il eu la chance d'apercevoir l'un de ses poursuivants avant d'être vu. Le plus discrètement possible, il a fait demi-tour et est retourné se cacher à l'intérieur. Comme la cave représentait un danger et qu'il ne voulait pas être vu ni dans le hall ni sur l'un des paliers, il a trouvé refuge dans la cage d'escalier. Si les gens qui habitent au premier, au deuxième ou au troisième n'ont parfois pas le courage d'attendre l'ascenseur et empruntent les escaliers, au-delà les marches sont désertes. L'immeuble comporte dix-huit étages, il ne viendrait à l'idée de personne de monter tout en haut. C'est ce qu'il a fait, s'arrêtant au dix-septième, ce qui lui permettait de fuir par le bas ou par le haut dans le cas peu probable du passage d'un locataire.

J'ignore à quoi il a occupé sa journée. Sans doute à avoir faim et peur.

Une fois seul – enfin, seul avec mon père dont les ronflements transpercent la porte de sa chambre et emplissent le couloir d'un grondement irrégulier, enroué et guttural –, j'occupe comme je peux ma matinée. Personne sur les réseaux sociaux, personne dehors, il faut dire que la plupart de mes amis sont absents : soit ils partent en vacances avec leurs parents, soit ils sont confiés aux grands-parents, soit ils sont inscrits en colonie ou au centre de loisirs. De chaînes YouTube en pages Facebook ou notifications Instagram, il finit par être midi. Dans la cuisine, mon père boit son café, on se salue de loin. Je ne suis pas près de manger. Le frigo est vide, hier soir maman a demandé à papa de faire les courses. Le temps qu'il s'habille, qu'il y aille et qu'il rentre, on déjeunera vers 15 ou 16 heures. Comme il n'y a plus de pain et que j'ai fini les céréales ce matin, je prends une pomme et m'attire l'inévitable *Ne grignote pas entre les repas.* La pomme à la main, je rejoins ma chambre comme si je n'avais rien entendu. Dehors, le parking est désert. Je scrute un long moment les places vides, l'immeuble d'en face, les lampadaires, les buissons, le bitume, les quelques arbres qui ont été mis là pour faire croire que la nature est chez elle dans cet environnement de béton et d'asphalte. Un chat passe au loin, tout le reste est mort.

Longtemps, je regarde ce paysage tellement familier que j'avais fini par ne plus le voir. Il a fallu l'annonce de la rénovation du quartier pour que je me mette à voir vraiment ce que j'avais sous les yeux. Béton, arbres, routes, béton, l'inventaire est vite fait, mais je ne peux m'empêcher de ressentir un pincement. Les gens trouvent la cité triste et grise. Ici, c'est chez moi, je n'ai pas connu d'autre appartement que celui où je vis avec mes parents et mon frère. Les gens de la mairie nous ont montré des images du quartier une fois les travaux achevés : on voit des couples blonds promener des chiens dans l'herbe pendant que des enfants noirs, arabes et asiatiques jouent au ballon. On voit des bâtiments de toutes les couleurs. Il fait soleil, c'est le printemps, quelques nuages blancs ont été photoshopés sur un ciel magnifique. On voit aussi l'espace vide à la place de mon immeuble.

Certains locataires sont ravis de cette amélioration de leur cadre de vie. D'autres font tourner une pétition pour protester contre notre expulsion et notre relogement de force avant que la tour ne soit dynamitée.

Je regarde en bas sans plus rien voir. Je ne sais pas ce que je préfère : que rien ne bouge ou que tout change. Norbert dit qu'il s'en fout. Maman pense qu'on sera mieux logés. Papa râle parce qu'il va falloir déménager. Je n'arrive pas à savoir ce que je ressens. C'est comme un creux. Peut-être que je l'aime bien, mon immeuble. Même gris et triste.

Un homme a repris sa course, ils sont nombreux à vouloir mettre la main sur lui. Il ne sait pas si les deux garçons qui l'ont vu ce matin vont le dénoncer à ceux qui le poursuivent. Il ne se fie à personne. Il a vite compris que, lorsqu'on est un fugitif, le moindre regard sur soi est dangereux. L'homme court dans un escalier entre deux paliers, ou n'importe où. Il fait jour, il doit trouver une cache jusqu'à la nuit prochaine.

# 8

Les portes grandes ouvertes de l'armoire laissent entrevoir un terrible bazar. Les étagères sont cintrées à force de supporter le poids d'années de vêtements mal pliés, de vieux jeux, de bouquins oubliés, et de choses que je ne m'étais jamais résigné à jeter. À gauche, les cartons. À droite, un grand sac-poubelle, 50 litres, noir. Maman m'a dit de me débrouiller, alors je me débrouille : je commence par les jeux, six ou sept boîtes de jeux de société incomplets. Manquent les dés, les pions et les billets. Papa voudrait que je les remette à neuf pour les revendre sur Internet. Sac-poubelle. Je ne sais pas pourquoi j'ai ces jeux, certains appartiennent à Norbert, je ne me souviens plus de comment ils ont atterri dans mon armoire. Personne ne joue jamais aux jeux de société. Je me vois mal passer le dimanche à faire des parties de Monopoly en famille. J'ai vu ça une fois chez Tom, un copain, chez qui j'étais invité à passer le week-end, on s'était couchés à pas d'heure le samedi soir, et j'ai écarquillé grand les yeux lorsque le dimanche après-midi ses parents nous ont proposé de faire un jeu de société. Par politesse, j'ai accepté, mais j'étais mal à l'aise, je ne pouvais pas m'amuser. On ne s'amuse pas quand on joue avec des adultes, si ? Tom semblait content. Une fois la partie finie (j'avais perdu, forcément), je l'avais questionné en douce avant que sa mère me reconduise chez moi. Apparemment, ils jouaient souvent ensemble. Le soir, une fois rentré à la maison, à table, je nous avais imaginés : Norbert, les parents, et moi, faire un Scrabble ou une partie de Bonne Paye. Mais ça ne collait pas. Mon père n'a jamais été capable de shooter dans un ballon sans se mettre à hurler si je n'interceptais pas sa passe. Si un jour il veut nous punir, peut-être trouvera-t-il amusant de nous obliger à jouer avec lui au Monopoly jusqu'à ce que nos nerfs lâchent.

Après coup, ce week-end chez Tom m'avait permis de comprendre une chose importante : toutes les familles ne se ressemblent pas. Dans d'autres appartements que le mien, des enfants n'avaient pas honte de jouer avec leurs parents. Pire, ils s'amusaient vraiment.

D'un coup de pied, je tasse les jeux au fond du sac-poubelle. C'est sans doute les grands-parents qui nous ont offert ces boîtes. Et sans doute à un âge où nous étions incapables d'en comprendre les règles.

Entre deux rangées de tee-shirts roulés en boule, je retrouve des figurines qui m'ont appartenu. Il manque les deux jambes à Spiderman. La faute à Norbert, il les lui avait arrachées je ne sais plus pourquoi. Je me revois en pleurs. Je jure que si j'avais été plus grand ou si j'avais eu mon couteau j'aurais pu le tuer. On m'aurait arrêté, conduit en prison, puis devant un juge, et j'aurais plaidé la légitime défense. J'ai tué mon frère, mais c'est lui qui a commencé, il a rendu Spiderman invalide. Dans mon esprit d'enfant, j'ai imaginé cent fois cette scène. Et à chaque procès, le juge me relâchait. Amnistie. Le tribunal concluait que j'avais agi en état de légitime défense.

Spiderman rejoint les boîtes de jeu, avec des briques Lego crasseuses, les restes d'une maquette d'avion, des jeux de cartes incomplets, un drone acheté en promotion qui n'a jamais volé droit, une boîte toute neuve d'un kit éducatif de jardinier, cadeau de ma grand-mère maternelle à Noël, comme si l'idée de faire germer des lentilles sur mon radiateur allait me faire sauter de joie. Poubelle. Si on tente de vendre tout ça, on va passer des heures à s'engueuler devant l'ordinateur, papa en demandera trop cher, il montera les prix et quand on devra déménager l'appartement sera rempli jusqu'au plafond de trucs invendus.

De toute façon, personne ne voudrait de ces bouts de plastique tordus. Enfant, je récupérais les jouets de mon frère, comme je mettais les vêtements qu'il n'avait pas trop déchirés. En moins de dix minutes, le sac noir est plein, j'y jette le trognon de la pomme posé sur mon bureau et je le noue. Je vais dans la cuisine en prendre un second. Mon père regarde la télé, je sens que si j'ai faim ce midi, je vais devoir aller faire les courses moi-même. Retour dans la chambre, je balance les chaussettes orphelines et les chaussettes trouées, je déniche tout au fond d'un tiroir un cadeau pour la fête des Mères fabriqué à l'école primaire : une guirlande avec un poème dessus. J'avais complètement oublié qu'elle était là. Je me souviens d'avoir fait une grosse faute d'orthographe en recopiant le poème, et la maîtresse, Mme Colas, l'avait corrigée d'un grand coup de feutre rouge. Elle n'avait pas voulu que je refasse la guirlande, elle m'avait pris en grippe parce que j'étais le frère de mon frère, et j'avais passé une sale année dans sa classe. Je n'allais pas offrir à ma mère un cadeau avec un coup de feutre rouge de la maîtresse. Je l'avais caché dans un tiroir, le jour de la fête des Mères était passé et maman n'avait pas trouvé bizarre que je n'aie rien préparé à l'école. Elle avait dû se dire que j'étais trop grand. Ou elle n'avait pensé à rien en particulier. Ou elle avait été soulagée que je ne rapporte pas un nouveau truc moche qu'elle devait faire semblant d'aimer. Je n'en sais rien. Je me souviens juste d'avoir pleuré le jour où j'ai glissé cette guirlande tout au fond du tiroir à chaussettes.

Je crois que j'ai aussi tué à plusieurs reprises Mme Colas. Au moins, je l'ai mise dans un grand sac et j'ai tapé dessus de toutes mes forces avec un bâton, en comptant les coups pour m'endormir.

Les jurés comprenaient, certains allaient jusqu'à m'applaudir, d'autres m'adressaient des clins d'œil complices. Ils avaient eux aussi des souvenirs terribles d'une maîtresse ou d'un maître à l'école primaire.

Je fourre mes vieux tee-shirts, ceux que je récupère après que Norbert les a élargis, dans le second sac. C'est embêtant de mettre les vieux vêtements de son frère lorsqu'il fait trois tailles de plus que vous au même âge. Quand on nous voit côte à côte, personne ne peut imaginer que nous sommes de la même famille. Autant Norbert est rond, autant je suis osseux. Je profite du déménagement pour faire le tri. Je n'en peux plus de passer après lui, de récupérer des pulls détendus dans lesquels je nage. Sac noir.

Il faudra un de ces jours que je m'attaque aux tiroirs de ma table de nuit et à tout ce qui est tassé sous mon lit.

C'est étrange de penser que dans deux semaines on vivra ailleurs et que dans un mois et demi cet immeuble n'existera plus.

Tout en bas de l'armoire, je trouve des paquets de chips vides, mes préférées, celles au vinaigre et au sel. Le problème, c'est que les parents achètent toujours des chips terribles, genre goût barbecue, poulet rôti ou oignons frits.

Collé contre une étagère, un vieux paquet de bonbons fondus. Ils forment une masse qui semble greffée au contreplaqué de l'armoire. J'ouvre mon couteau et je gratte pour détacher ce tas immonde. Sac noir.

Je viens de passer une demi-heure à ranger, les parents comme Norbert n'ont encore rien fait. Je ne sais pas quand ils se décideront à préparer le déménagement. Maman, elle, n'a pas le choix, elle rentre tard, mais papa et Norbert pourraient commencer. L'autre jour, j'ai proposé que l'on démonte quelques meubles, papa a grommelé *plus tard* et l'affaire a été close. Un tiers des habitants de l'immeuble sont déjà partis. Je souris en imaginant la tête de notre oncle lorsqu'il débarquera pour nous aider à déménager et qu'il trouvera l'appartement dans son jus, avec les vêtements de Norbert en paquets autour de son lit et la vaisselle de la veille dans l'évier. Au moins, ma chambre sera prête.

Je crois que je mérite une petite pause. J'enfonce mes oreillettes et je mets le son à fond. Dehors, rien de bouge sur le parking. Dans mon crâne, Slipknot hurle *Psychosocial* d'une voix gutturale. J'aimerais comprendre l'anglais pour pouvoir traduire les paroles des chansons.

Je ne sais pas si tout le monde dans l'immeuble est occupé à faire des cartons comme moi.

Un jour, on a reçu un mot dans la boîte aux lettres. Dix-huit étages, quatre appartements par étage, soit soixante-douze lettres, identiques, embrouillées. On apprenait que le quartier allait être entièrement réhabilité et que, dans le cadre de cette réhabilitation, l'immeuble où l'on vit serait rénové. De palier en palier, dans le hall, en se croisant par hasard à la supérette du coin, ou bien dans les allées du grand centre commercial du Val Enchanté situé de l'autre côté du périphérique, les gens ne discutaient que de ça. Les parents en parlaient à table. L'idée de la rénovation tracassait papa. Il avait peur du bruit, il n'avait pas envie d'être réveillé chaque matin par des vibrations de perceuses.

Que des travaux soient entrepris, ce n'était pas une mauvaise nouvelle. Tout ici date d'il y a cinquante ans : la cité a poussé d'un coup et – à part quelques coups de pinceau de temps en temps – pas grand-chose n'a été fait depuis. Enfin, non, ce n'est pas vrai : le tramway est venu jusqu'au cœur du quartier, des commerces se sont installés, une nouvelle école primaire a poussé quand la première a été engorgée.

Cela n'empêchait pas certains, comme papa, de râler par avance en disant que l'on allait entendre des marteaux-piqueurs du matin au soir. D'autres s'enthousiasmaient. Maman espérait que les baignoires étroites allaient être changées pour des plus larges. Une réunion publique d'information a été annoncée cet hiver, dans la salle polyvalente du centre socioculturel. Les élus viendraient présenter le projet de réhabilitation urbaine et répondre à nos questions.

Ni papa ni maman ne sont allés les écouter, ils ne voyaient

pas à quoi cela servirait de perdre son temps à se taper des discours. Ils ont réalisé leur erreur dès le lendemain, en parlant avec des voisins dans l'ascenseur. Le soir, à table, ils étaient silencieux. Je n'ai posé aucune question, j'ai appris à plonger sous les vagues quand la tempête risque d'exploser en surface. Je sentais la tension entre papa et maman, je n'ai pas pensé à l'immeuble, j'ai cru qu'ils s'étaient disputés une nouvelle fois. J'ai appris la nouvelle le surlendemain, au collège. Cela faisait la une de la presse locale: le quartier allait être réhabilité, oui. Les immeubles repeints, les trottoirs élargis, des pistes cyclables sécurisées ajoutées, des jardins partagés installés en bordure des quelques espaces verts déjà présents... et notre tour serait rasée. Ce matin-là, j'ai compris l'importance des mots: «réhabiliter», ça signifie remettre à neuf les bâtiments existants. «Rénover», c'est détruire pour reconstruire.

En classe, le professeur d'histoire-géographie a abordé le sujet. La moitié des élèves habitaient la cité, et j'étais le seul à vivre dans l'immeuble.

Il y a eu une seconde réunion avec les élus, tous les locataires étaient là, même moi (seul Norbert n'est pas venu). On nous a expliqué que les bâtiments étaient vieux et démodés. Le modèle d'urbanisme était dépassé. Les élus ont employé le mot *anachronique*. Un vestige des constructions à la va-vite des années soixante. À la place de notre immeuble pousseraient deux bâtiments moins hauts, plus spacieux, plus confortables. Tout le monde serait relogé dans de bien meilleures conditions. Les grands immeubles, c'était du passé, souriaient les élus, ils étaient les fossiles d'une autre époque. Ils parlaient d'IGH pour désigner l'endroit où l'on vit: immeuble de grande hauteur.

Ils disaient que le quartier allait changer, qu'il serait bien plus mixte et bien plus dynamique. Ils parlaient de réinjection de services de proximité, ils employaient des mots abstraits : un remodelage en îlots, un plan destiné à éviter la paupérisation. Ils n'ont pas dit *ghetto,* mais tout le monde l'a entendu.

Ce que les élus et les techniciens n'avaient pas l'air de saisir, c'est que notre immeuble – le plus haut du quartier – n'était pas simplement un puzzle de soixante-douze cases qu'il allait falloir disposer autrement, c'était l'endroit où nous vivions, certains d'entre nous depuis cinquante ans. C'était l'endroit où beaucoup étaient nés. C'était notre maison. L'immeuble n'était pas simplement un modèle d'urbanisation dépassé, c'était là où nous aimions vivre.

Parfois, je rentre dans l'une des maisons qui bordent la cité. J'ai des amis qui vivent dans ces anciens pavillons ouvriers à un étage, avec jardinet à l'arrière. Je me demande ce qui se passerait si on les obligeait à déménager. On est plus chez soi dans une maison que dans un appartement ? On habite plus facilement près du sol qu'en hauteur ? On n'a pas le droit de se sentir chez soi dans un IGH ?

Anvil attaque *BadAss Rock N Roll* dans mes oreilles, les riffs de la guitare résonnent à quelques centimètres de mon cerveau. Je me demande à quoi je vais occuper ma journée. Il est à peine 11 heures, mes amis dorment encore.

Lors de la seconde réunion, les mots s'abattaient sur nos nuques comme une pluie obstinée dont nous ne pouvions nous protéger. Il était question de redéfinir un projet urbanistique durable, d'établir des concertations locales citoyennes, d'écrire l'habitat, de mettre en place une charte entérinant une démarche partenariale, de requalifier le cadre de vie. Les mots nous tombaient dessus avec une effroyable régularité. Nous étions abreuvés de termes abstraits et de formules creuses. Depuis que nous avions appris que rénover signifiait raser, nous ne savions plus ce qu'un mot voulait dire, nous avions peur de ce qu'ils cachaient. Requalifier, projet, habitat, réhabilitation, qui savait si chacun de ces mots ne dissimulait pas un piège, comme quand on signe un contrat et que l'on ne comprend rien à ce qui est écrit sur des pages et des pages en caractères minuscules. Le langage n'est pas le même pour celui qui fait le discours et pour celui qui l'écoute.

On nous aurait accusés de faire exprès de vivre dans de vieux logements tombant en miettes, ce n'aurait pas été pire. L'immeuble date. L'immeuble coûte une fortune en entretien. L'immeuble est si mal isolé que le chauffer, c'est comme de vouloir chauffer la rue, et le ciel. Tout ça, nous le savons. Nous en informons la société de HLM depuis des années. Nous avons même envoyé des pétitions pour signaler que les logements étaient trop froids l'hiver et trop chauds l'été. Nous attendions que les gens qui gèrent les HLM résolvent nos problèmes. Pas qu'ils jettent la tour à la poubelle avec nos vies encore chaudes à l'intérieur.

Dans la mesure du possible, nous a-t-on expliqué, le maximum de locataires sera relogé dans le quartier. L'homme qui parlait était un élu, nickel et droit dans son costume gris égayé d'une cravate orangée. *Certains*, a-t-il continué, *peuvent profiter de cette opportunité pour découvrir d'autres logements répartis dans toute la ville.*

*Opportunité*, encore un mot gentil derrière lequel se cache un autre mot sournois. Être viré de chez soi, c'est une opportunité.

Un œil sur mon téléphone. C'est le calme plat. En relevant la tête vers le parking, je vois passer le sale type de ce matin, celui que j'ai croisé dans les escaliers après qu'il a sonné à ma porte. Il marche entre les voitures garées, il cherche toujours le fugitif qui a dormi dans notre cave. Que convient-il de faire dans ce genre de situation ? Faut-il appeler la police ? Et si le sale type était un policier à la recherche d'un réfugié ? Certaines personnes fuient la guerre, traversent l'océan au péril de leur vie, se cachent sous des camions, franchissent des montagnes à pied et se font menotter par la police à l'arrivée, puis sont renvoyées à l'endroit où elles vont être massacrées. Je l'ai lu dans les journaux.

Je ne sais pas quoi faire de cette histoire. Si j'en parle à mon père, il va me répondre que ce ne sont pas nos oignons. C'est la réponse traditionnelle de papa à toutes les questions que je peux lui poser. *Occupe-toi de tes oignons.* J'ai même regardé un jour sur Internet l'origine de cette phrase. J'ai appris qu'autrefois, en argot, l'oignon désignait les pieds ou le cul. « Occupe-toi de tes fesses », voilà un beau résumé de la philosophie de papa.

Je prends les deux sacs-poubelle et je traverse le couloir. Aucune trace de papa. Ni dans la salle de bains, ni dans la cuisine, ni dans le salon. J'espère qu'il n'est pas retourné se coucher. Dans l'entrée, je vois que ses chaussures ne sont plus là, il a quitté l'appartement. Je sors en claquant la porte, aussitôt une alarme sonne dans ma tête : toujours verrouiller, même si on s'absente une minute. J'aimerais bien me débarrasser de tout ce que mes parents ont déversé dans mon crâne. J'ai les mains prises et je ne vois pas qui voudrait nous cambrioler. Il n'y a rien à voler chez nous : une télé dont le son chuinte, un mixeur au bol fendu, un lecteur DVD qui prend la poussière. Mes biens les plus précieux – mon téléphone et mon couteau – sont dans les poches de mon jean. J'appelle l'ascenseur puis décide de ne pas l'attendre. Je descends par les escaliers.

Les sacs-poubelle font un bruit mou dans la benne à ordure. Je sors un instant sur le parking. Le sale type a disparu. Bon vent. L'air est déjà chaud. Depuis la semaine dernière, la télévision diffuse des messages pour recommander aux gens de prendre soin de leurs aînés. Je me demande depuis combien d'années je n'ai pas revu mes grands-parents. Les parents de papa sont morts l'un après l'autre il y a deux ans, et papa s'est fâché avec ceux de maman. Je n'ai jamais su pourquoi, je soupçonne simplement qu'ils n'étaient pas du goût de papa, ou inversement. Est-ce que maman appelle parfois sa mère pour savoir si elle va bien ? Chacun ses oignons.

Je remets mes écouteurs et je fais un tour dans le quartier. Je peine à réaliser qu'à la rentrée l'immeuble ne sera plus qu'un gros tas de gravats. Je prends la direction opposée au centre commercial pour éviter de croiser mon père si jamais il a vraiment décidé d'aller faire les courses. Je regarde ce que font mes amis. Ils postent des photos de plages, de piscines, ils s'éclatent ou s'ennuient à mourir chez leurs grands-parents à la campagne. La cité est déserte, un virus extraterrestre aurait pu détruire l'humanité sans que je m'en rende compte. *Do you know what you are ?* demande le chanteur de Limp Bizkit à mon oreille, et j'avoue que je n'en sais rien.

Nulle trace ni du sale type ni de l'homme étrange qui a dormi dans notre cave. Comme je n'ai pas verrouillé la porte, il faut que je rentre avant mon père pour m'éviter une crise. Dans le hall de l'immeuble, je lis pour la troisième fois en trois jours l'affichette imprimée par la mairie qui annonce un atelier d'écriture tous les samedis après-midi. *Venez écrire l'histoire de votre immeuble.* L'affiche précise que l'atelier est gratuit et ouvert à tous. Un graphiste en mal d'inspiration a photoshopé l'immeuble sur fond de plan du quartier. Un écrivain a été engagé pour aider les participants. Son nom ne me dit rien. Un livre sera édité à l'automne par la mairie. L'autre soir, maman m'a demandé si cela m'intéresserait. À vrai dire, elle parlait à Norbert autant qu'à moi. Mon frère a plongé les yeux vers ses pieds, sans rien répondre. Papa a éclaté de rire en disant qu'on allait faire un roman, Norbert est parti dans sa chambre et je n'ai pas eu à répondre.

L'atelier a lieu demain après-midi, dans le centre social juste de l'autre côté de la rue. Je ne sais pas trop si ça me tente. Ce n'est pas que je n'aime pas écrire, quand il faut le faire je le fais, c'est que je ne vois pas comment on peut s'amuser en écrivant.

Au moment où je vais remonter, je prends l'escalier qui descend dans les caves. J'allume la lumière qui éclaire mal le long couloir de parpaings nus. J'ai la main sur mon couteau dans la poche de mon jean. J'avance et j'ai le cœur qui bat,

un pas,

un pas,

encore un pas.

Je ne sais pas pourquoi je reviens inspecter la cave. Après avoir été découvert, l'homme a filé à toute vitesse. Il faudrait qu'il soit débile pour revenir se cacher exactement au même endroit. Devant la porte, je m'arrête un instant. Je tends l'oreille, je n'entends rien. De la main gauche, je pousse la porte. Ma main droite dans mon pantalon serre le manche de mon couteau. En tremblant un petit peu, j'allume,

rien,

personne,

je respire un grand coup.

Je regarde par terre, les cartons, les vieux vêtements dans des sacs. Je me demande pourquoi mes parents ne bazardent pas tout ça. Sans doute parce qu'ils espèrent le revendre un jour. Le déménagement va les obliger à faire un grand tri et un grand vide. J'aperçois en creux dans les sacs l'empreinte du corps de l'homme qui a dormi ici cette nuit.

Au sol, mon œil est attiré par un reflet. En me penchant, je découvre une chose que je ne connais pas : je la prends entre deux doigts. Il s'agit d'une sorte de caillou, un caillou très régulier, haut de quatre centimètres environ et épais de deux. Il est étonnamment léger dans ma main. Ce n'est pas de la pierre. Comme il reflète la lumière, je pense à du métal, mais ce n'en est pas non plus. Je le regarde mieux. Il est grisâtre. Sans aucune encoche, bombé en son centre, plus mince sur les bords. Ni chaud ni froid au toucher, comme s'il était à l'exacte température de ma peau. Ce n'est pas une pièce d'une machine, ça n'a aucune utilité, ce ne peut pas être un bijou puisque rien ne permet de le glisser sur une chaînette ou une attache. Je suis certain que cet objet ne nous appartient pas. Soit c'est Norbert qui l'a fait tomber au retour de l'une de ses mystérieuses expéditions, soit – je frémis – c'est l'homme étrange de ce matin qui l'a perdu.

La veilleuse du couloir s'éteint en m'arrachant un petit cri de surprise. Je ris de ma propre frayeur, referme la porte et remonte vite avant que mon père ne me fasse la morale sur ma criminelle négligence.

Le reste de l'après-midi tombe dans un trou. J'envoie des messages sans réponse, je fais un snap de mon armoire vide que je poste pour Tom. Il est en Espagne avec ses parents. Il l'aura quand il se connectera en Wi-Fi quelque part. Je regarde quelques vidéos, je tente un mot de passe qui – soi-disant – permet de pirater Netflix, en vain ; je lis quelques pages d'un gros roman de science-fiction, je déjeune en silence en face de mon père. Norbert ne rentre pas et le hasard fait bien les choses parce que papa n'a pas prévu sa part. Les minutes finissent par se regrouper en six rangées de dix et se transforment presque par magie en une heure.

En regardant mon père manger j'ai pensé à la peau. Comment la peau peut-elle s'étirer à ce point sans craquer ? Comme il fait chaud, papa traîne en marcel du matin au soir. C'est hallucinant que son ventre n'explose pas. Plus tard, dans la salle de bains, j'ai pincé et tiré la peau de mes bras et de mon ventre au maximum. À peine quelques centimètres avant que la douleur ne m'oblige à renoncer. Il faut donc des années et des années pour distendre l'épiderme, l'obliger à gonfler millimètre par millimètre, le rendre souple et élastique.

Je me demande si je grossirai en vieillissant. Je n'aimerais pas. Norbert est en surpoids, comme dit l'infirmière du collège. Papa est carrément obèse, il dit que c'est à cause de ses hormones, c'est peut-être vrai, il a toujours refusé les examens proposés par les médecins. Maman, non. Maman est juste un peu ronde, elle paraît presque menue par contraste. J'espère que je ne tiendrai pas d'eux plus tard. J'attrape la peau du dessus de ma main gauche entre le pouce et l'index de la droite, je tire, je ne lâche pas. Elle se décolle et s'étire de quatre ou cinq centimètres avant que je n'abandonne. Je garde une marque rouge qui – au bout d'une heure – devient bleue et jaune.

En fin d'après-midi, une porte claque, quelques mots tombent dans le couloir, des pas se dirigent vers la chambre d'à côté, et la porte de la chambre de Norbert se ferme. Mon frère est revenu. Je n'ai pas le courage d'aller frapper à sa porte. Je regarde l'heure, maman sera là dans une vingtaine de minutes. J'attends son retour pour quitter ma chambre et m'aventurer dans la cuisine ou le salon.

Lorsque maman rentre le soir du travail, son visage fait penser que le monde est un endroit fatigant. Quand je regarde des photos d'elle plus jeune, je vois une joie qui a disparu, gommée par l'épuisement. Son visage maintenant est celui d'une personne qui s'est battue chaque jour et qui sait qu'elle devra encore se battre jusqu'au bout.

Je propose de l'aider à préparer le dîner, mais elle refuse d'un claquement de langue énervé. Ses gestes sont brusques comme chaque fois qu'elle est contrariée par quelque chose. Je n'ai pas besoin qu'elle me dise de filer pour comprendre qu'elle préfère être seule. Sans réfléchir, je sors. L'escalier est désert, le hall est désert, le parking devant l'immeuble est désert. Avant de remonter, je repasse par la cave. Je suis parfois très doué pour me mentir à moi-même : je me dis que je vais aller vérifier que Norbert a bien fermé la porte à clé pour éviter que son vélo ne soit volé. En réalité, je sais bien ce que je cherche.

Je tourne la poignée,

la porte n'est pas verrouillée,

j'ai le temps de penser que Norbert est un abruti,

et je le vois :

l'homme,

il est là, assis au sol, sur les sacs de vêtements,

il se relève d'un bond,

ses yeux roulent,

il cherche dans mon dos,

il veut savoir si je suis seul,

il a peur,

je suis certain qu'il a peur,

je perçois tellement sa peur que j'oublie la mienne, j'oublie que mes mains tremblent et que mon cœur bat à se rompre,

je fais *chut*, tout doucement,

je fais un signe de la main, la paume grande ouverte, en avant,

je ne sais pas si je parviens à sourire,

j'ouvre la bouche, mais je n'arrive pas à parler,

je ne bouge plus et l'homme demeure immobile lui aussi, il est moins grand que dans mon souvenir, c'est à peine s'il mesure un mètre soixante, sa peau est extraordinairement blanche, comme une feuille de papier pour l'imprimante. Il ne croise pas mon regard de ses yeux exorbités, il écoute, il est tendu comme un ressort, il est prêt à bondir.

Je pense à la minuterie, je sais que les lumières vont bientôt s'éteindre, et je n'ai nulle envie de me retrouver dans le noir avec cet inconnu. *Nègre blanc,* a craché le sale type dans l'escalier. Très lentement, j'allume la lumière de la cave, pile au moment où le couloir s'éteint dans mon dos. L'homme ne bouge pas. C'est à peine si je perçois sa respiration. Il pourrait être en cire, une statue. Il me fait penser aux animaux qui demeurent parfaitement immobiles pour échapper à un prédateur. Ou pire : au lapin hypnotisé par la lumière des phrases de la voiture roulant droit sur lui.

*Bonsoir,* je dis, *je ne vous veux aucun mal.* Les mots semblent naître de mon ventre plutôt que de ma gorge. Ils mettent un temps infini à atteindre mes lèvres. *Jeff,* j'ajoute en portant ma main ouverte sur ma poitrine. Passent quelques secondes. Les battements de mon cœur ralentissent un peu. Je ne sais pas si l'homme a compris ce que je lui ai dit. Je ne lis rien sur son visage, il est figé. Il porte un vieux pantalon usé, un pull trop lâche dont les manches descendent jusqu'à ses doigts aussi blancs que son visage. Ses cheveux sont rasés au plus court, il n'a pas de sourcils. Je jurerais que son corps est totalement imberbe. Je n'entends pas son souffle. Je vois juste bouger ses yeux. Passent encore quelques secondes, puis l'homme se détend, d'un coup, il se relâche, ses bras se laissent aller, ses jambes cessent d'être raides. Rien ne trouble son visage.

*Je ne dirai rien,* j'explique. *Vous pouvez dormir là.* Je lui demande s'il a faim et, comme il ne répond pas, je fais un vague signe de ma main vers ma bouche. J'aimerais qu'il comprenne, qu'il me facilite la tâche, mais il demeure sans mouvement, ne sourit pas, ne porte pas la main à son ventre ou à sa bouche. Je n'arrive pas à savoir s'il est muet, ou si chacun de mes gestes est une énigme à ses yeux. Dans combien de cultures un mouvement de la main vers la bouche est un signe de faim ?

*Ne bougez pas,* j'explique, *je vais chercher des choses pour vous.* Et, très lentement, je ressors dans le couloir, j'allume la veilleuse, j'éteins dans la cave, je m'éloigne. À chaque instant, je m'attends à être bousculé, à le voir détaler, mais non, il ne bouge pas. À toute vitesse, je remonte. Par bonheur, maman est dans le salon, j'entends qu'elle discute avec papa, leurs voix s'affrontent plus qu'elles ne se parlent. Je saisis des reproches, les habituelles disputes sur le fait que papa ne fait rien dans la maison lorsque maman est au travail. Pour une fois, je suis heureux que mes parents soient occupés à se lancer des phrases acides au visage, j'ai la paix pour ouvrir le placard, prendre un paquet de gâteaux, une grande bouteille d'eau minérale. J'attrape des yaourts à boire dans le frigo, du jambon sous vide, je coupe un morceau de pain sur la table et je repars aussi vite que je suis venu. Dans l'escalier, soudain, la peur me cloue sur place : je suis idiot de me précipiter avec de la nourriture plein les bras ; j'aurais dû prendre un sac, cacher ces aliments. L'homme dans la cave est poursuivi. Si je tombe sur ceux qui le traquent, ils comprendront instantanément que ces provisions sont pour lui. Il est trop tard pour faire machine arrière, je risque d'attirer l'attention de mes parents si je reviens à l'appartement. Je descends, entrouvre la porte de l'escalier. Personne dans le hall. Je cours jusqu'à la porte des caves, descends une nouvelle volée de marches, allume la minuterie, m'approche de la cave, mon cœur bat à nouveau.

Il se sera envolé, il aura fui, je pense.

J'ouvre.

Il est là.

Exactement à la même place. Comme s'il était congelé. Les bras ballants, les jambes légèrement fléchies, les yeux roulant et la mâchoire serrée. En silence je pose la nourriture sur un carton. Je fais signe que c'est pour lui et je repars. Je ne sais pas ce qu'il a compris. Je me souviens d'une histoire racontée par mon institutrice en CM2 au sujet d'une femme africaine (j'ai oublié son pays d'origine), une réfugiée avec un bébé. Des membres d'une association l'avaient hébergée, mais ils avaient eu un problème avec elle : du matin au soir, elle allait dans la salle de bains avec son bébé, ouvrait en grand les robinets de la baignoire et jouait avec son enfant sans jamais penser à mettre le bouchon. Plusieurs fois les gens qui l'accueillaient lui avaient expliqué qu'elle devait penser à fermer la baignoire, que l'eau chaude coûtait cher. La femme comprenant mal le français comme l'anglais faisait oui de la tête mais ne changeait rien à ses habitudes. Au bout d'une semaine, les gens ne voulaient plus qu'elle reste, ils la trouvaient bornée. Un interprète envoyé par une association avait pu leur rendre visite et la femme lui avait expliqué qu'elle vivait au bord d'une rivière dans son pays, qu'elle lavait son bébé plusieurs fois par jour, et que l'homme et la femme chez qui elle logeait étaient très sales : prendre un bain était à ses yeux se plonger dans une eau stagnante, une eau remplie de microbes et de bactéries. Seules les eaux vives étaient saines.

Je ne sais pas pourquoi je repense à cette histoire.

Sans doute parce qu'elle enseigne que se comprendre est parfois très compliqué. Ce n'est qu'à table, dans le silence glacial du dîner, alors que papa et maman évitent de croiser leurs regards comme de s'adresser la parole, que je me rends compte qu'il faut que je parle à Norbert. Demain matin, s'il part comme tous les jours, il tombera sur l'homme dans la cave en allant récupérer son vélo.

Papa a mangé en silence. Maman a mangé en silence. Norbert a mangé en silence. Je ne sais pas si je suis le seul à me dire que tout ce silence finit par remplir la bouche de mots non prononcés. Le silence me coupe l'appétit, j'ai à peine touché à mon assiette. Et ce n'est pas pour cette histoire d'élasticité de la peau. Parfois, papa se met en colère contre moi, il me demande si je fais un régime. Je dis que je n'ai pas faim, je mens, je ne dis pas la vérité, je ne dis pas que je n'en peux plus que dans cette famille on ne sache que se taire ou s'engueuler. Je ne dis pas que j'en ai marre de m'asseoir chaque soir autour d'une table où la télé parle à notre place. Je repense à Tom, à la manière dont ses parents se racontent leur journée à table, aux questions que la mère de Tom me posait pour savoir ce que j'aimais faire dans la vie, à mes réponses timides parce que je n'ai pas l'habitude qu'un adulte s'intéresse à moi.

Très vite, j'ai rangé mon assiette dans le lave-vaisselle. Comme presque chaque soir, j'ai redressé celle de mon frère qui la jette n'importe comment. Si je ne le fais pas, maman pousse un cri, papa vient nous chercher dans nos chambres, il hurle pour savoir lequel de nous deux balance son assiette et ses couverts, et comme Norbert ne se dénonce pas je finis par céder. Je préfère me faire engueuler à sa place que de laisser s'envenimer la situation jusqu'à subir une punition collective.

Ce soir, je frappe à la porte de Norbert, j'attends un peu,

et comme il ne répond pas j'entre. Il est vautré sur son lit, il regarde une vidéo, il lève les yeux vers moi, met son film sur pause et ne dit rien.

L'homme qui l'a bousculé ce matin, je raconte, il est revenu à la cave. Il se cache. C'est sans doute un sans-papiers, un migrant, un réfugié. Je lui ai donné de la nourriture. Il ne faut pas que Norbert s'inquiète demain quand il voudra partir.

Mon frère m'écoute en silence. Il me répond juste que demain c'est samedi, qu'il fera la grasse matinée. Pas un mot sur ce que je viens de lui confier. Définitivement, je suis le seul être normal de cette famille.

*C'est tout ?* fait Norbert, et il remet son film sur *play*. J'aurais pu lui dire que demain le pape viendrait bénir notre immeuble ou que j'allais sauter en parachute de la terrasse de l'immeuble, cela n'aurait rien changé.

Je fais deux pas pour regarder l'écran par-dessus son épaule. Des vampires sont cachés dans une grange, quelque part au milieu d'une vaste plaine. C'est le jour. Des hommes tirent sur les tôles de la grange et – chaque fois – l'impact de la balle fait un trou qui laisse passer un rayon de lumière du soleil. Les vampires hurlent de douleur lorsqu'ils se trouvent sur la trajectoire de ces rayons.

*C'est un film de vampires ?* je demande. Norbert grogne. *Il y a un truc que je n'ai jamais compris avec les vampires,* j'explique. *Ils sortent la nuit parce que la lumière du soleil les tue. Ils se baladent les soirs de pleine lune sans être dérangés.*

Norbert souffle, remet la vidéo sur pause.

*C'est parce que seule la lumière du soleil les blesse,* il me répond. *La lumière de la lune ne leur fait pas de mal.*

*Justement, c'est là où je voulais en venir. La lune n'émet pas de lumière, elle reflète juste celle du soleil, comme un grand miroir dans la nuit. C'est ce que je n'ai jamais compris dans les films de vampires : ils devraient craindre la lune autant que le soleil.*

Norbert me regarde en silence. Il ouvre la bouche. La referme. Hésite un instant. Me dit que je suis vraiment con de me poser autant de questions. C'est comme ça, c'est tout, c'est dans tous les films de vampires. Il relance sa vidéo, monte le son. La conversation est finie. Trop tard pour lui demander où il va chaque jour sauf le week-end. Je ressors. Un jour, j'ai dit à Tom que le rayonnement solaire aurait dû donner le cancer aux 4 Fantastiques et pas les transformer en superhéros, il a fait la même tête que Norbert avec cette histoire de lumière.

Peut-être a-t-il raison. Peut-être que je me pose trop de questions. Et Peter Parker tué net par la piqûre d'une araignée radioactive, c'est moins intéressant que les aventures de Spider-man.

Je suis allongé dans mon lit. J'écoute Kurt Cobain chanter *Smells Like Teen Spirits.* Trois étages plus bas, c'est le hall. Sous le hall, les caves. Dans notre cave, un fugitif dort sans doute. À moins qu'il n'ait pas bougé, qu'il soit encore debout, prêt à bondir si jamais ceux qui le pourchassent retrouvent sa piste. Je préfère penser qu'il a étendu les vieux manteaux au sol et qu'il dort après avoir mangé à sa faim. Sans doute n'a-t-il pas quitté l'immeuble depuis ce matin, se réfugiant dans les étages après avoir bousculé Norbert, ne prenant pas le risque de sortir sur le parking. Je ne sais pas si un jour je saurai qui est cet homme et si je saurai jamais qui sont ceux qui le pourchassent.

Je ferme les yeux. J'ai sélectionné une playlist de métal sur une radio en ligne, de vieux titres sont mêlés à des nouveautés. *Run*, j'entends, *Run to the Hills*. Je regarde qui chante ça. Iron Maiden. Je cherche les paroles sur mon téléphone. *White man came across the sea. He brought us pain and misery.*

Même avec mon niveau en anglais, traduire est facile : L'homme blanc a traversé la mer. Il a apporté la douleur et la misère. Je frissonne, je ne sais pas si j'ai bien fait de laisser l'homme si blanc s'installer dans notre cave, je ne sais pas à qui en parler, je crois que je ne vais jamais parvenir à m'endormir et pourtant, je m'endors.

Dans la cave, un homme à la peau trop blanche dort, peut-être.

# 7

Au total, on est neuf dans la trop grande salle de réunion du centre socioculturel, dix en comptant l'écrivain. Il semble désappointé, il espérait sans doute plus de monde. *Ce n'est que la première séance, l'atelier va continuer tout l'été. Si cela vous plaît, il ne faut pas hésiter à inviter vos amis.*

L'écrivain a une bonne quarantaine d'années, il est assez grand, il a coupé à ras le peu de cheveux qui lui reste. Il passe son temps à ôter et à remettre ses lunettes à grosse monture noire. Il porte un sweat à capuche délavé. Je ne voyais pas les écrivains comme ça. Je ne sais pas ce que j'imaginais. Une chemise au moins, une cravate peut-être. Très vite, il a chaud et il dézippe son sweat. Il porte dessous un tee-shirt, uni, rouge. Au milieu de la table, il a posé une grosse pile de livres, les siens. Il a expliqué que c'était le meilleur moyen de se présenter. Ses livres sont sa carte de visite, on peut les feuilleter si on veut. Personne n'ose en prendre un. Il y a des romans, du théâtre, de la poésie. Il précise qu'il écrit des romans pour la jeunesse et pour adultes, ce qui ne veut pas dire des livres interdits aux moins de dix-huit ans, il ajoute en me regardant puisque – bien entendu – je suis le plus jeune autour de cette table. Ce sont des livres de littérature générale.

Un ange passe.

Personne ne pose de questions.

Il se racle la gorge, enlève ses lunettes, les remet sur son nez comme s'il s'apercevait pour la première fois qu'il voit mal sans elles, et il explique que nous allons écrire sur notre quartier. Il dit *notre* comme si le quartier était aussi le sien. Sans doute ne veut-il pas s'exclure. Il dit que nous sommes un groupe, que tout le monde est bienvenu, qu'il n'est pas important d'aimer écrire ou non. Il demande si certains écrivent. Un journal intime ? des poèmes ? des chansons ? des histoires ? Deux mains se lèvent, un homme tousse. *L'important,* ajoute-t-il, *c'est la curiosité, et le plaisir.* Il faut se laisser aller, il n'y a pas de bons et de mauvais textes, ce qui sera écrit sera forcément juste puisque ce seront nos histoires. Lui, l'écrivain, son rôle consiste à nous dépanner en cas de blocage, à nous aider à avancer, à nous faire reformuler parfois des choses un peu confuses.

*On n'est pas à l'école,* dit-il en riant, me regardant encore une fois. Il répète que le but n'est pas de devenir écrivain. Ce serait un mensonge et une prétention monstrueuse que de le laisser entendre. On va pouvoir se retrouver chaque samedi pour mettre des mots sur le papier, faire confiance à nos mots, et échanger autour de nos mots. Lui viendra avec des livres – d'autres livres que les siens – les prochaines séances pour nous parler de littérature, nous faire découvrir des auteurs qui ont écrit sur leurs villes, leurs quartiers, leurs appartements.

Avons-nous des questions ?

Un autre ange passe. Il y a un fort trafic aérien d'anges dans cette salle aujourd'hui, alors il s'inquiète de savoir si nous avons du papier et des stylos, et je réalise que je suis venu comme ça, sur un coup de tête, surtout parce que je n'ai rien à faire chez moi, que je me vois mal passer la journée à éviter le regard de papa, l'énervement de maman, et les silences de Norbert. Le week-end, quand nous sommes tous les quatre ensemble, l'appartement devient une cage étouffante. Bien entendu, je suis le seul à ne pas avoir pris un cahier ou des feuilles. L'écrivain sourit, me donne deux ou trois feuilles de papier A4 en précisant que, si ça ne suffit pas, si je me mets à écrire un roman, une ramette de 500 feuilles est à ma disposition. Il y a des stylos sur la table, je prends un Bic bleu avec le logo de la ville imprimé dessus. Il ne marche pas, j'en essaie un autre, noir, qui écrit.

Ensuite, on fait un tour de table pour dire nos prénoms et indiquer depuis combien de temps on vit dans le quartier, c'est à moi de commencer. Jeff. Treize ans et treize ans, je réponds en avalant une ou deux syllabes. À côté de moi est assis un garçon qui habite la tour, je le connais de vue, il est au lycée. Elliot. Seize et seize, il rit, un peu mal à l'aise de parler en public. La fille qui est arrivée en même temps que lui vit aussi dans mon immeuble. Elle était au collège cette année. Julie, j'ai quinze ans et j'habite l'immeuble depuis que je suis née, elle fait en souriant. Tout à l'heure, à la question de savoir si certains écrivaient pour leur plaisir, elle a levé la main. Lorsqu'elle parle, elle nous regarde tous les uns après les autres dans les yeux, et quand son regard croise le mien je détourne la tête comme un crétin.

Elliot, Julie et moi, on s'est spontanément assis d'un côté de la grande table. L'écrivain se tient au bout. Six adultes s'alignent de l'autre côté. Quatre femmes et deux hommes. Leurs visages, leurs prénoms ne me disent rien. Une des femmes ne vit ici que depuis six mois. Dès qu'elle prend la parole, elle occupe tout l'espace, elle se prénomme Juliana, elle vit seule avec une petite fille de deux ans, elle a déménagé il y a peu dans le quartier parce qu'elle est séparée, il a été difficile pour elle de trouver un logement. Gentiment, l'écrivain lui coupe la parole en lui disant de garder des choses à écrire, nous faisons un simple tour de table. En face de moi se tient un vieil homme qui habite l'immeuble depuis quarante-trois ans, il est le plus âgé d'entre nous. Quand il a dit ce chiffre, je réalise que le quartier était déjà là avant la naissance de mes parents. Le passé est abstrait si on ne le rattache à rien. Au collège, on apprend des dates, des événements qui se sont déroulés voici cent ans, mille ans. Sans point de comparaison, le passé reste flou. Yassir, se prénomme cet homme, et lorsqu'il donne son âge, ses yeux se plissent, son sourire s'élargit, il dit qu'il n'a pas vu le temps passer. Un jour, on est jeune, et le lendemain, dans le miroir, un vieil homme vous regarde, il ajoute, et l'écrivain lui conseille de noter cette phrase avant de l'oublier, ce serait une très belle façon de commencer l'écriture d'un texte.

À mesure que nous déclinons nos prénoms, l'écrivain les note dans un carnet. À la fin, il précise qu'aujourd'hui nous allons simplement faire connaissance. Si nous sommes d'accord, il nous propose d'abord d'écrire sur une feuille tous les mots qui nous passent par la tête quand nous pensons à l'endroit où nous habitons. Des noms, des adjectifs, des verbes. Tout ce que l'on veut. La bavarde, Juliana, veut savoir si elle peut écrire des phrases. Je préférerais des mots, répond l'écrivain, on va constituer une réserve de mots, comme quand on cueille des feuilles d'arbres pour les coller dans un cahier. Un verbier plutôt qu'un herbier. Je fais oui même s'il ne m'est jamais passé par la tête d'aller ramasser des feuilles. Quelle drôle d'idée. Il nous donne cinq minutes en nous encourageant à ne surtout pas nous censurer. Juliana a encore une question. A-t-elle le droit de citer des noms propres ou des mots étrangers ? L'écrivain répond qu'on n'est pas au Scrabble, on a le droit d'écrire tout ce que l'on veut. Et même de faire des fautes d'orthographe, il rit en regardant de notre côté, ce à quoi Julie, la fille qui habite dans mon immeuble, rétorque qu'elle ne fait jamais de fautes, ce qui favorise le passage d'un nouvel ange.

Cinq minutes plus tard, nous avons une sacrée provision de mots à coller dans les pages de notre cahier. Cela va de crottes de chien à mobylettes, d'ascenseur en panne à balcons fleuris, d'agression à confort. Des mots agréables, des mots désagréables, des mots contradictoires aussi. Il n'y a que Juliana qui a écrit des choses incompréhensibles que l'écrivain a pourtant notées sur un grand paperboard comme s'il s'agissait d'éléments importants. Il lui demande les raisons pour lesquelles elle a indiqué des mots comme *paquebot* ou *solitude*. Ils lui ont traversé l'esprit, un point c'est tout, répond-elle. Je pense à certains profs au collège. Il y a ceux qui s'énervent vite, ceux qui laissent faire et ceux qui sont dotés d'une patience exemplaire pour aider les élèves coûte que coûte. Visiblement, l'écrivain appartient à cette troisième catégorie.

Cette longue liste de mots est une réserve, explique-t-il. Si on manque d'idées, on pourra toujours venir piocher dedans. Et cela nous permettra d'être sûrs que l'on n'oublie rien d'important.

L'écrivain ouvre une chemise posée à côté de lui, elle est remplie de photocopies d'articles de journaux ou de photos. Ce sont des documents qu'il a trouvés en mairie, cela concerne l'histoire de notre cité. Il les éparpille au milieu de la table en nous disant que cela peut servir. Une photo en noir et blanc sur une feuille A4 glisse en face de moi, je vois des terres agricoles délimitées par des barbelés tendus sur des piquets. C'est l'endroit exact où va être construit mon immeuble. Nulle part n'apparaît la ville pourtant pas si éloignée. Un petit article sous la photo raconte qu'il arrive que des clôtures s'affaissent ou cèdent et qu'il faut les rafistoler afin que les bêtes n'aillent pas paître dans le pré du voisin. Les fermes s'étendent jusqu'aux frontières des faubourgs de Nantes. Les terres sont peu cultivées, on élève surtout des vaches pour le lait et la viande. Certaines propriétés descendent jusqu'au fleuve, où il n'est pas rare qu'une bête s'embourbe et se noie. La mort côtoie sans cesse la vie. Sur l'image, le ciel est bas, gris, des nuages s'amoncellent, et je me dis que la pluie sera bienvenue pour les bêtes comme pour les hommes.

Dessous, une autre photo montre un ancien camp de prisonniers datant de la Première Guerre mondiale. J'ai entendu déjà cette histoire, au collège, notre prof d'histoire-géographie nous avait expliqué que ce camp avait été transformé en logements à bon marché pour les gars qui travaillaient aux chantiers navals ou qui louaient leurs bras aux paysans. Beaucoup d'hommes célibataires vivaient dans les vieux baraquements, quelques familles aussi, bien qu'il n'y eût pas d'école dans le coin.

Les feuilles passent entre les mains des participants, Elliot me donne une photocopie où les mots *Far West* me sautent aux yeux. L'article daté de 1961 explique qu'une cité va être construite à l'ouest de Nantes, à la campagne. En 1945, les gens ont décidé qu'il n'y aurait plus jamais de guerre et – dans la joie – ils ont fait des enfants qui maintenant ont grandi et veulent vivre en ville. Les campagnes se désertifient, les gens veulent le progrès : l'eau courante, l'électricité, la télévision. Il y en a même qui achètent des machines à laver. Et comme ça chauffe de l'autre côté de la Méditerranée, il faut loger en urgence plus d'un million de personnes qui n'ont pas pensé qu'un jour le Maroc et l'Algérie cesseraient d'être des régions françaises pour fonder de vraies nations libres. L'article évoque le baby-boom, la décolonisation, l'exode rural. J'ai appris ça en cours d'histoire-géographie, j'ai mémorisé des dates comme si elles n'entretenaient aucun lien avec ma vie, sans comprendre que ce qui se passe à cette époque aura comme conséquence directe le cadre dans lequel j'ai grandi. C'est le monde moderne qui est en train de naître. Partout en France, il faut construire beaucoup et vite pour loger les gens. Des immeubles sont dessinés à la hâte : ils doivent être grands et ils doivent permettre d'accueillir des familles modestes. En 1957, il a été décidé de construire 300 000 nouveaux logements par an. Le journaliste qui a écrit cet article se moque du projet de cité. Les élus parlent de faire pousser des HLM au Far West. Voilà ce que sont ces terres vues depuis le centre-ville : des zones agricoles situées dans un imprécis Ouest lointain. Je souris, personne à l'époque n'imagine que la ville viendra s'étendre jusque-là, et encore moins qu'elle dépassera – dans cinquante ans – ce Far West pour semer des zones industrielles et commerciales bien plus à l'ouest. L'immense supermarché du Val Enchanté n'est pas encore envisagé, pas plus que la ligne de tramway qui reliera la cité au cœur de la ville.

En relevant la tête, je vois que les mains de Yassir, le vieil homme, tremblent terriblement lorsqu'il lit une photocopie.

L'écrivain nous laisse dix minutes pour prendre connaissance des documents, ensuite il nous demande d'écrire un souvenir lié au quartier, une anecdote, pas forcément une chose extraordinaire. Il ouvre son sac et extrait un ouvrage d'un autre écrivain dont je ne retiens pas le nom, cet auteur s'intéressait à des choses tellement banales qu'il les nommait l'infra-ordinaire : tout ce que l'on a sous les yeux et que l'on ne voit plus tellement cela paraît familier.

L'écrivain ne souhaite pas nous donner plus de consignes. Juste un souvenir, écrit à la première personne du singulier. Cela peut être joyeux ou triste, long ou court, peu importe. Il redit que c'est pour faire connaissance. Et que, si l'un ou l'une d'entre nous reste bloqué, il viendra l'aider à démarrer l'écriture ou à structurer ses idées.

Aussitôt, plusieurs personnes commencent à écrire, et moi je regarde par la fenêtre. Franchement, ce sont les vacances d'été et je me retrouve assis face à une feuille, à essayer d'écrire une histoire. Parfois, j'ai l'art de me glisser de moi-même dans des situations impossibles.

Dehors, deux oiseaux se poursuivent dans la joie du ciel sans nuages.

Pendant que je réfléchis, je relève la tête. L'écrivain note une chose dans son carnet, puis son regard balaie la salle et croise le mien. *Ça va ?* il demande. *Oui*, je réponds, je cherche comment commencer. Son sourire s'élargit. À voix basse, il me confie qu'il ne comprend pas comment font les gens pour se mettre directement à écrire dès qu'il a fini d'expliquer les consignes. Lui, il peut passer une heure sans rien écrire et remplir ensuite trois pages en dix minutes.

Je ferme un instant les yeux.

Un souvenir?

Je pense à l'homme qui est caché dans la cave.

En voilà une histoire formidable à écrire. Un homme étrange, qui ne sait parler autrement qu'en faisant claquer sa langue, est caché dans la cave de mon immeuble. Ce matin, j'avais programmé le réveil de mon téléphone, j'ai pris une bouteille de lait et un paquet de céréales dans le placard. Mes parents dormaient encore, comme Norbert. J'ai glissé la nourriture avec un bol et une cuillère dans un sac à dos pour ne pas attirer l'attention. Je suis descendu avec la certitude que je trouverais la cave déserte et que je n'entendrais plus jamais parler de l'homme, et il était là. Curieusement allongé sur les vieux manteaux. Il s'est relevé dès qu'il m'a vu. Il était calme, très calme. Au sol, il y avait la bouteille d'eau vide écrasée, le yaourt à boire dont le bouchon n'avait pas été dévissé mais arraché. Il n'avait pas touché au jambon sous vide. J'ai pensé qu'il était peut-être musulman. Ou juif. Ou végétarien.

Lentement, j'ai rempli le bol de céréales au chocolat, j'ai ouvert la bouteille de lait devant ses yeux pour qu'il comprenne comment on dévisse un bouchon, et je lui ai tendu son petit déjeuner. Il a pris le bol et, avant que je lui donne la cuillère, il a commencé à boire et à manger par petites gorgées. Un peu de lait a coulé sur son menton et dans son cou, traînée liquide blanche presque invisible sur sa peau blanche.

J'ai attendu un moment, j'ai laissé la bouteille de lait, j'ai remis le paquet de céréales dans mon sac et je me suis retourné. Quand j'ai ouvert la porte, l'homme a interrompu un instant son repas. Il a tendu une main vers moi, il a claqué sa langue contre son palais. Le son qu'il produit est très bizarre: des cliquetis qu'il module, accélère ou ralentit, module du grave à l'aigu. Je lui ai répondu que je ne comprenais rien. Je lui ai dit que je redescendrais plus tard. Il m'a regardé, immobile, trois ou quatre secondes, et il a repris son petit déjeuner.

Juliana, la femme qui parle tout le temps de n'importe quoi, demande si elle peut raconter un souvenir qui est lié à un endroit où elle habitait avant d'aménager dans la cité. L'écrivain répond que le sujet, c'est la cité. Il est vraiment d'une patience exemplaire. Je me force à penser à autre chose qu'à l'homme caché dans ma cave. Je pense à Norbert, j'aurais mille histoires à raconter sur mon frère. Je les raye de ma tête. Je ne veux pas écrire à son sujet. Je ne veux pas non plus écrire sur les disputes de mes parents. Je ne veux pas écrire sur le jour où mon père a perdu son emploi. Je ne veux pas écrire sur la fatigue de ma mère. Je ne veux pas écrire ce que je ressens, parfois, quand je vois mes parents devant la télé, occupés à regarder une émission débile, leurs regards vides, la lumière éteinte de leurs yeux, et combien je me sens différent d'eux à ces moments-là, combien j'ai envie de ne jamais leur ressembler. Je ne veux pas écrire sur ces pensées dont j'ai honte. Pas plus que je ne veux écrire sur les abrutis qui habitent plus bas et t'insultent quand tu passes trop près d'eux. Je cherche un souvenir. Et j'en trouve un. L'écrivain a dit que l'on avait le droit de raconter ce que l'on veut. J'écris sur le type croisé hier dans l'escalier qui m'a demandé si j'avais vu un Nègre blanc. J'écris pour dire combien il suffit d'un seul regard pour comprendre qu'un homme est mauvais. J'écris pour dire qu'un mot peut blesser même s'il ne nous désigne pas. J'écris pour raconter que l'on aimerait avoir la force de faire taire certaines personnes.

Dans la salle, tout le monde travaille en silence. Une femme, retraitée sans doute (même si j'ai du mal à évaluer l'âge de certains adultes), demande à l'écrivain combien de lignes on doit écrire. Sa question me fait sourire, j'ai l'impression de me retrouver en classe, quand un professeur nous fait rédiger un texte. Sa voisine – l'autre personne qui a levé la main quand l'écrivain a voulu savoir si des gens écrivaient pour leur plaisir – est occupée par son téléphone. Je ne sais pas si elle s'ennuie et envoie des SMS, ou si elle cherche des renseignements nécessaires à son texte. Je me dis que ce serait bien, en classe, si on avait le droit d'utiliser son téléphone quand on cherche une chose précise.

Ce matin, lorsque je suis remonté de la cave, Norbert était levé. Il a compris d'où je venais, il a voulu savoir si l'homme était toujours là. Et comme j'ai répondu que oui, il a réfléchi un petit moment. Avoir mis mon frère dans la confidence me met mal à l'aise. J'ai peur qu'il n'en parle aux parents, j'ai peur qu'il ne fasse une gaffe. Faudrait qu'il puisse se laver, a-t-il fini par dire. Impossible qu'il vienne prendre une douche ici, sauf si papa et maman s'absentent. Tu pourrais lui descendre des lingettes, maman en a plusieurs paquets d'avance.

Et, sitôt sa tirade achevée, Norbert m'a tourné le dos pour repartir dans sa chambre. Parfois, je ne sais plus quoi penser de lui. Rien ne semble l'intéresser. Rien ne semble le toucher, et – soudainement – il se préoccupe de l'hygiène d'un inconnu. Je suis allé récupérer un sachet de lingettes. Un jour, maman a dit qu'elle en achetait parce que l'odeur lui rappelait quand on était bébés, Norbert et moi. Des fois, elle raconte des choses étranges, maman. Je l'ai entendue répéter qu'elle aurait aimé avoir plus d'enfants, et qu'elle n'a pas pu parce que papa s'était retrouvé au chômage. Je n'aime pas quand elle se laisse aller à ce genre de confidence. Sa voix est triste, lourde. J'ai toujours l'impression que maman ne vit pas la vie qu'elle aimerait vivre.

J'ai glissé les lingettes dans mon sac, rempli au robinet une bouteille d'eau minérale vide. J'allais descendre à nouveau quand Norbert est arrivé. Tiens, il a fait. Il m'a donné un caleçon à lui, un vieux tee-shirt et une paire de chaussettes. Le type est plus grand que moi mais plus maigre, ça devrait lui aller, il a ajouté, et il m'a à nouveau tourné le dos. J'étais stupéfait, Norbert est un mystère. Je ne peux jamais prévoir ce qui se passe dans son crâne. Je pourrais comprendre plus facilement un habitant d'une autre planète que mon propre frère. Il est capable du meilleur comme du pire.

La dame qui a demandé combien de lignes il faut écrire veut savoir si elle a le droit d'aller fumer une cigarette dehors. L'écrivain répond que l'on a le droit de boire un café, d'aller aux toilettes, de fumer, de faire le tour du centre social en courant si on veut. La femme se lève, et Yassir, le vieil homme assis en face de moi, en profite pour dire qu'il l'accompagne. La femme qui consulte son téléphone a étalé des photocopies devant elle et elle recopie de longues phrases.

Juliana souffle en regardant le plafond. À côté de moi, Julie pose sa main bien à plat sur la table et Elliot glisse la sienne par-dessus. Les autres écrivent sans relever la tête de leurs feuilles.

J'ai du mal à me concentrer sur ce que j'écris. Je reviens toujours à l'homme caché. Quand je suis redescendu, il avait fini de manger. Je lui ai donné les vêtements. Il m'a fixé droit dans les yeux, et j'ai très vite détourné le regard. Il paraît ne pas avoir de pupilles : deux petits gouffres, noirs, intenses, qu'il est impossible de fixer parce que l'on n'a nul reflet, nul centre où s'arrêter. Plus tard dans la matinée, sur Internet, j'ai lu que l'albinisme est une particularité génétique qui affecte la pigmentation de la peau. Le corps ne produit pas de mélanine, un pigment biologique. J'ai aussi lu que – dans certains cas – l'absence de pigments dans l'iris donne aux yeux une couleur rouge. Comme l'œil n'est pas coloré, on voit les vaisseaux sanguins. Je n'ai rien trouvé sur l'absence de pupille. Peut-être ai-je mal vu ce matin, l'ampoule nue qui éclaire la cave produit des ombres bizarres. L'homme a examiné la bouteille d'eau. Je lui ai montré comment on ouvre et referme le bouchon en vissant. Il n'a pas essayé devant moi. J'ai tendu le paquet de lingettes. Il l'a pris, ses doigts ont frôlé les miens, j'ai senti la chaleur de sa peau. Il a approché le paquet de son visage, l'a reniflé. Très lentement, je le lui ai repris des mains, il s'est laissé faire et – en lui parlant – j'ai expliqué que ça servait à se laver. J'ai ouvert, j'en ai retiré une et je l'ai passée sur mon visage et mes mains. Il m'a regardé faire et s'est désintéressé de moi. Il est allé se mettre dans un coin de la cave. Tout bas, il cliquetait. En tendant l'oreille, je percevais aussi une modulation qui semblait provenir de sa gorge. Je ne sais pas comment on fait pour produire deux sons en même temps, je sais que c'est possible. J'ai vu – une fois – une vidéo d'un chanteur qui parvenait à siffler tout en articulant des mots.

Sur Internet, j'ai cherché *claquement de langue*. Puis *langage + claquement*. J'ai vu des liens sur les langues à clic africaines, j'ai suivi cette piste, j'ai lu qu'en Afrique du Sud ou en Namibie des claquements de bouche, de langue et de palais s'ajoutent aux sons produits par les autres langages traditionnels. J'ai ouvert des vidéos et j'ai écouté des gens parler le xhosa ou le khoisan. Les clics dans de nombreuses langues remplacent les consonnes et interrompent le débit de la phrase. Pourtant, je n'ai rien entendu qui ressemble aux sonorités produites par l'homme. Il est peut-être muet, il ne sait faire que les clics. Ensuite, j'ai pensé qu'être albinos, avoir une modification exceptionnelle des yeux, et être en plus muet, cela faisait un grand nombre d'exceptions et de particularités chez un seul homme.

*Tout va bien ?* demande l'écrivain, et c'est à moi qu'il parle. Il doit croire que je rêve le nez en l'air. Je fais oui de la tête. Le temps passe très vite, je n'ai presque rien écrit. L'écrivain fait remarquer qu'il reste un petit quart d'heure pour finir nos textes.

Ensuite, chacun sera invité à lire à voix haute sa production. *Ce n'est pas obligé, mais c'est bien si tout le monde se prête au jeu,* ajoute-t-il.

Je jette un œil aux autres participants. Certains ont noirci quelques lignes comme moi, d'autres ont tourné la page. Deux personnes ont attaqué une troisième feuille. Il faut que je me réveille. J'ai un mal fou à me concentrer. Juliana tapote son stylo contre la table. Une autre femme dont j'ai oublié le prénom lui adresse un regard noir avant de chercher quelque chose dans un article. Je fais de mon mieux pour lutter contre le syndrome de l'interrogation écrite : l'angoisse de répondre à côté, la crainte de voir que l'on a pondu avec peine trois lignes là où d'autres remplissent deux copies doubles. Je me demande si l'homme caché dans la cave sait lire ou écrire. Je note dans un coin de ma tête qu'il faudra que je lui apporte du papier et un stylo au cas où il serait vraiment muet. Il connaît peut-être quelques mots de français ou de je ne sais quelle langue.

L'écrivain nous demande comment ça s'est passé, et je comprends qu'il est trop tard pour achever mon texte. Les gens soupirent, sourient, disent que c'est difficile. Juliana dit qu'elle aurait préféré être plus guidée. Elle raconte qu'elle a déjà fait une fois un atelier d'écriture, et que l'animateur leur donnait des consignes très strictes avec des mots à placer dans les phrases. Je me demande à quel moment l'écrivain va craquer, mais il répond gentiment. Il n'aime pas trop les contraintes, il préfère faire des propositions.

Elle se plaint un peu, raconte qu'elle avait préféré l'autre méthode, et comme l'écrivain dit maintenant qu'il va falloir lire, elle se tait. Je pensais qu'elle serait la première à infliger son texte aux autres, je me trompais.

Comme personne ne se désigne, l'écrivain invite la femme assise le plus près de lui à commencer. Elle refuse de lire ce qu'elle a écrit. Tout à l'heure, elle a dit se prénommer Fatou, l'écrivain l'encourage, elle répond que le français n'est pas sa langue maternelle et qu'elle fait beaucoup de fautes. L'écrivain explique que les fautes importent peu, qu'il ne faut jamais s'interdire d'écrire une chose parce que l'on a peur de faire des fautes. Elles se corrigent plus tard, et parfois une phrase grammaticalement incorrecte est plus poétique qu'une phrase bien construite. La femme hésite, l'écrivain sourit. Elle prend une grande bouffée d'air comme si elle allait plonger dans une piscine, et un SMS de Norbert s'affiche sur mon téléphone. Deux mots. *Viens. Vite.* Mon sang se glace. Immédiatement je pense à l'homme caché. Il est arrivé quelque chose. Je me lève d'un coup, la femme prénommée Fatou n'a pas encore commencé à lire son texte. Tous les regards des participants sont braqués sur moi. Je bredouille une excuse, je montre mon téléphone, j'explique que je dois filer tout de suite. L'écrivain s'inquiète de savoir si c'est grave. Je m'entends répondre que je ne sais pas encore. Je n'aime pas le ton dramatique que je prends. Je devrais être discret, je suis pris au dépourvu, je n'ai pas le temps d'inventer un mensonge. Je ne sais pas si c'est grave, je répète, je dois partir tout de suite.

Je rassemble mes feuilles, je m'excuse auprès de l'écrivain, auprès de Fatou, auprès de tout le groupe dont je n'écouterai pas les lectures, et je fonce.

Je cours.

Dès que je suis sur le parking, j'envoie un SMS.
*T où ?*
La réponse est celle que j'attendais.
*Cave.*
Je cours.

# 6

Norbert n'est pas seul dans la cave, une bonne partie des locataires de l'immeuble vont et viennent au sous-sol. L'une après l'autre, toutes les portes ont été fracturées. À l'aide d'un pied-de-biche ou d'une barre de métal, les serrures ont été arrachées, et le plus étonnant c'est qu'il s'agit d'un acte gratuit. Je tends l'oreille, j'écoute parler les gens : chacun ouvre ses cartons, vérifie ses affaires : rien n'a été volé. *À croire que ceux qui ont fait ça cherchaient quelque chose de précis,* dit un homme dans mon dos. Essoufflé d'avoir couru, je me faufile entre les locataires en colère. J'avance vers la cave où m'attend mon frère.

Pas quelque chose, je pense : quelqu'un.

Assis sur la selle de son vélo, Norbert m'accueille en silence. Une femme – je reconnais la mère de David, un garçon qui a été longtemps le meilleur ami de mon frère avant qu'ils ne se perdent peu à peu de vue – entre derrière moi et nous demande si des affaires ont disparu. Norbert répond par-dessus mon épaule que tout est là. La femme s'arrête, elle vient de le reconnaître, elle lui demande ce qu'il devient et comment il va. Norbert grommelle vaguement que tout va bien. La femme hésite un instant, lui dit qu'il devrait passer voir David, ça lui ferait plaisir. Le visage de mon frère est froid comme une pierre. Il fait un vague oui de la tête et je sais bien qu'il n'ira pas. Pour rien au monde. Je connais un peu David, il est brillant, le premier de sa classe, il réussit partout là où Norbert échoue. Jusqu'à sortir avec Lalie, une fille qu'ils connaissent l'un et l'autre depuis la primaire et dont je crois que mon frère était amoureux.

Je me demande comment on fait pour que le passage du temps, l'amertume et les choix de vie ne détruisent pas les amitiés.

La mère de David nous salue et s'éloigne. Je fixe Norbert en attendant qu'il parle. L'ampoule nue de la cave creuse deux puits à la place de ses yeux. *Les parents sont sortis,* il raconte. *J'ai entendu du bruit dans les escaliers. Je suis descendu. Tout le monde s'affolait. On ne m'a pas volé mon vélo.*

Comme il se tait, je pose la question cruciale qui me brûle les lèvres. *Et l'homme ?* je demande. Norbert fait un geste vague d'une main, il soulève ses épaules. Aucune trace. En examinant le sol de la cave, je réalise qu'il a raison. Vraiment aucune trace de l'homme : pas une bouteille d'eau, ni une lingette ou une paire de chaussettes sales. Soit l'homme est reparti en faisant disparaître la moindre des choses qu'il avait touchées. Soit ceux qui ont arraché les serrures sont tombés sur lui et ont fait disparaître toute trace de sa présence. J'ai soudain peur d'avoir commis une immense erreur. J'aimerais pouvoir rembobiner les deux derniers jours : le fugitif à la peau si blanche a de gros ennuis et je n'aurais pas dû m'en mêler. Pas comme ça, pas seul. J'aurais dû appeler la police, en parler à maman, ne pas garder le secret.

Norbert saute de son vélo, me fait signe de sortir. On ferme la porte de la cave, la seule à ne pas être endommagée puisque la seule à ne pas avoir été verrouillée, et nous nous dirigeons vers l'escalier. Au rez-de-chaussée, plusieurs personnes discutent en s'énervant. J'entends prononcer le mot vandalisme, une femme dit que les gens ne respectent rien. Quelqu'un évoque des bandes de jeunes qui cassent tout pour s'amuser. Quoi qu'il se passe dans la cité, ce sont les jeunes qui en sont la cause. Les jeunes comme Norbert ou moi.

J'ignore quel âge a l'étranger, je doute qu'il soit jeune. Et le type qui le cherchait dans la tour avait au moins l'âge de papa.

La police a été prévenue. On appelle l'ascenseur. Une fois les portes refermées sur nous, Norbert me dit que j'ai agi au mieux, je n'ai aucun reproche à me faire. Encore une fois, il me surprend. C'est comme s'il avait lu mes pensées sur mon visage. L'homme, peut-être, était un clandestin. Appeler la police ne l'aurait pas aidé, il aurait été arrêté puis immédiatement expulsé vers son pays. Norbert plante ses yeux dans les miens. *Tu l'as nourri et logé, il s'est changé, il a repris des forces. Tu as fait de ton mieux,* il conclut, et les portes de l'ascenseur s'ouvrent avant que j'aie trouvé quoi répondre.

Je fais un pas dans le couloir, et mon sang se glace.

Littéralement.

Je sais bien que cette expression est étrange, elle ressemble à ce que l'on peut lire dans un roman, si j'étais à l'atelier, peut-être que l'écrivain me ferait supprimer une phrase comme celle-ci, mais c'est ce que je ressens.

Des glaçons dans mes veines.

Sur le palier se trouve le sale type, celui que j'ai croisé dans l'escalier, celui qui a parlé de Nègre blanc.

Son visage est d'une dureté absolue. Il porte un jean, des baskets, un sweat léger. Il croise mon regard et je baisse les yeux.

C'est lui, il est habillé différemment, mais je le reconnais. Quand il avait sonné aux portes, il portait un costume.

Un quart de seconde, je m'attends à ce qu'il me demande si je suis bien certain de n'avoir vu personne traîner dans l'immeuble, je retiens mon souffle. Il passe sans un mot, entre dans l'ascenseur et disparaît lorsque les portes se referment.

D'un coup, mes nerfs se relâchent, j'ai l'impression de rapetisser de quelques centimètres.

*Ça va ?* demande Norbert.

J'ouvre la bouche pour répondre et je comprends brusquement une chose. Une chose très importante.

Si cet homme passe d'étage en étage, c'est qu'il n'a pas trouvé ce qu'il cherchait.

*L'homme caché dans notre cave,* je réponds. *Il s'est enfui. Ils ne l'ont pas trouvé.*

Et comme Norbert ouvre de grands yeux, je l'entraîne chez nous. Il faut que je lui raconte tout ce que je sais. À commencer par les bruits de course-poursuite qui m'ont réveillé avant-hier.

Vue du ciel, la cité est un long rectangle, délimité d'un côté par des voies rapides et de l'autre par notre immeuble. On regarde le plan sur Google Street View avec Norbert. Même si je n'ai aucune idée de ce que l'on fera ensuite, il faut que l'on trouve l'homme avant ceux qui le cherchent. Norbert prend les quartiers sud, ceux qui sont déjà en travaux, il me laisse le nord, un plus petit périmètre. Je suis à pied, il a un vélo. Nous avons convenu de nous envoyer un SMS toutes les dix minutes, quoi qu'il se passe, et de laisser nos téléphones nous géolocaliser. Nous parlons de tout cela avec le plus grand sérieux, c'est comme si nous nous retrouvions dans un film. L'urgence nous empêche de réfléchir, et – en un sens – c'est bien mieux.

Il fait chaud dehors sans que les températures ne soient trop élevées. Malgré les prévisions de canicule, l'été tarde à venir. Le vent, depuis des semaines et des semaines, restait frais et obligeait à garder une veste. Je lève la tête en sortant de l'immeuble. Être au pied de dix-huit étages oblige à tordre le cou. Tout là-haut, la bordure de la terrasse découpe un carré dans le bleu du ciel. Je prends à droite, par le petit parc, longe le gymnase, vérifie qu'il est bien verrouillé. Il l'est. J'ai déjà trop chaud, l'après-midi est pourtant déjà avancée. Au bout de l'allée, je vois le centre socioculturel où s'est déroulé l'atelier d'écriture. Je ne sais pas ce que les autres ont écrit, j'espère pouvoir revenir samedi prochain. Je traverse une rue, j'avance côté ombre. Mon téléphone vibre. J'ai reçu un SMS de Norbert, cela fait déjà dix minutes que je marche. J'ouvre le message. *Rien.* Je réponds la même chose. *Rien.* Il faut que je reste concentré. Dans la poche de mon jean, mon poing serre le couteau. J'avance entre les immeubles de quatre étages dressés comme des rocs. Je réalise soudainement à quel point la cité est silencieuse en cette seconde partie d'après-midi du début de l'été. Pas de cris d'enfants puisque l'école est finie. Pas de chants d'oiseaux puisque le soleil les écrase de sa lumière. Peu de circulation, c'est l'été même ici, ce sont les vacances jusqu'au cœur du béton. Passe un chat, passe une mobylette. Passent deux voitures. Et le silence revient se plaquer au sol. Au-dessus de moi, un avion découpe le ciel en deux morceaux pas très égaux. Un chien aboie. Les portes d'entrée sont fermées. Tout cela est vain, je ne vais jamais rattraper le fugitif, il s'est enfui au loin. Si cela se trouve, il est dans un train en ce moment, ou il marche quelque part en centre-ville. Il a fait du stop, il a couru, il s'est fondu dans le flot des marcheurs. Il a pris le tram et il cherche une nouvelle cachette à l'autre bout de la ville. Pour rien au monde il ne serait resté dans un endroit où il est traqué.

J'essuie la sueur sur mon front, je commence à ressentir les effets de la chaleur. Je traverse la rue, regarde dans un autre petit parc : des bancs vides, une structure à escalader taguée, deux motos de bois fixées sur des ressorts rouge vif, et personne. Pas un enfant pour jouer dans cet espace. Pas un rire ou un cri de joie pour animer les lieux. Juste le silence, encore.

Seule notre tour va être détruite. Les travaux ont commencé dans la zone qu'explore Norbert en ce moment, mais les gens sont restés sur place. Ils vivent derrière des bâches de chantier. Un coup de vent fait voler un emballage de chips. Je le coince sous mon pied, le ramasse, le jette à la poubelle. Norbert serait là, il se moquerait de moi, de mes principes. Quand j'étais à l'école primaire, j'avais participé tout un mercredi à un grand nettoyage du quartier. Les élèves volontaires avaient reçu un gilet jaune et un grand sac-poubelle. On avait recueilli les canettes vides, les emballages de hamburger, les paquets de cigarettes vides toute l'après-midi. On avait des consignes strictes : ne pas toucher au verre cassé, ne pas ramasser de seringues. On nous avait expliqué que, si on se piquait avec l'aiguille, on pourrait attraper des maladies très graves. Cela rajoutait un peu de piment à la collecte, même si personne n'avait trouvé quoi que ce soit de dangereux: juste les détritus ordinaires que les gens balancent par négligence.

À l'époque, je m'en souviens, j'étais fier d'avoir contribué à embellir la cité, j'en avais parlé le soir à table, et Norbert s'était bien marré: j'étais devenu éboueur. Papa avait détaché son regard de la télévision et avait ajouté que je n'avais pas de quoi être fier. On me faisait faire à l'école le sale boulot qui aurait dû être accompli par la ville. On se demande à quoi servent nos impôts, il avait grommelé. Maman, elle, n'avait rien dit. Sans doute n'avait-elle rien entendu. Il lui arrivait de se couper des conversations. C'est comme si elle parvenait à fermer ses oreilles aussi facilement que l'on peut fermer ses yeux.

Je n'avais rien répondu. J'avais fini mon repas en silence. J'avais même eu un peu honte d'avoir participé au nettoiement.

Encore, mon téléphone vibre.

*Rien.*

Pareil pour moi.

Rien d'autre qu'un paquet vide qui ne pourrira pas au sol.

J'avance.

Au coin de la rue, j'aperçois une voiture qui passe. Une voiture qui roule au ralenti. Même de loin, je vois qu'elle est pleine d'hommes. S'ils cherchaient quelqu'un, ils ne s'y prendraient pas autrement.

La peur revient, je respire un grand coup. La voiture a disparu. Mes doigts relâchent le manche du couteau. Je respire à fond. Qu'est-ce que je ferais si j'étais attaqué? Je serais certainement incapable de me servir du couteau. Au pire, on me l'arracherait des mains et il pourrait être utilisé contre moi. Mon couteau n'est pas une arme, il me rassure. Quand j'étais enfant, un couteau me paraissait être la chose la plus cool que puisse posséder un adulte. Je revois mon grand-père faire jaillir le sien de sa poche pour couper une tranche de pain ou des rondelles de saucisson. Ce couteau est aussi le dernier souvenir que j'ai de mes grands-parents. Avant que la maladie ne les attrape l'un après l'autre.

Tout me pousse à arrêter, et c'est pour cela que je continue. Les cachettes sont infinies dans les interstices du quartier. Partout où je regarde, je vois des recoins, des renfoncements obscurs, des portes et des fenêtres, des soupiraux et des angles. Il est possible que je me fasse des films. Une voiture qui roule lentement n'est peut-être qu'une voiture qui roule lentement.

Une femme tape le code d'entrée d'un immeuble au moment où je passe à sa hauteur, j'entre à sa suite, elle ne m'adresse pas un seul regard, se dirige très rapidement vers les escaliers. Le hall est frais. Il ressemble à celui de mon immeuble : même couleur grise aux murs, même panneau d'affichage de la société de HLM. Seul le pan de mur réservé aux boîtes aux lettres est différent : seulement quatorze boîtes alors qu'il y en a plus de soixante-dix dans mon hall. La porte menant aux caves est verrouillée. Je note qu'ici rien n'a été fracturé. Ceux qui poursuivent l'homme à la peau blanche semblaient savoir avec précision où il se cachait.

Inutile de rester là, j'ouvre la porte, la chaleur qui se tenait tapie de l'autre côté du verre isolant me saute dessus. L'été est arrivé d'un coup, rien ce midi n'annonçait que les températures monteraient aussi vite. J'ai chaud, je marche, j'ai l'impression qu'à chaque minute le thermomètre grimpe d'un degré. J'envoie un SMS.

*Rien.*

*Rien.*

Je longe un lotissement, des haies séparent le trottoir d'une petite pelouse maigre. Personne ne se cache dans les buissons. Au bout, c'est l'avenue qui file vers le centre et le collège. Des voitures passent, des basses lourdes s'échappent de l'une d'elles qui avance toutes fenêtres ouvertes. Un grand découragement tombe sur mes épaules, je suis en train de faire à pied le tour de la cité, je regarde des façades et des rues que j'ai vues mille fois depuis que je suis né. La familiarité est une chose étrange : dès le premier coup d'œil on se dit que l'on connaît par cœur tout ce qui nous entoure, et si on regarde mieux, tout semble étrange. On m'aurait demandé de dessiner le trajet jusqu'au collège, j'aurais rigolé. Maintenant que j'observe les choses avec attention, j'ai l'impression de remarquer pour la première fois un grand portail vert, et une allée entre deux bâtiments, et une sorte de local au coin d'un petit square, et la couleur des lampadaires. C'est comme si plus on regardait, moins on voyait. Ou plutôt comme s'il fallait se déshabituer à voir pour remarquer des choses nouvelles.

Un bus passe et me fait sursauter, je ne l'ai pas entendu arriver. Je suis perdu dans mes pensées, comme souvent.

Cela ne sert à rien.

C'est ridicule de marcher en plein soleil.

Je ne trouverai jamais l'homme.

Je quitte le trottoir pour couper à travers un parking, et le silence à nouveau s'abat sur mes épaules. La cité est éteinte, désertée. J'ai vu des images de villes abandonnées sur Internet : une ville espagnole construite et jamais habitée, une ville chinoise qui venait juste d'être achevée sans que les habitants n'aient encore eu le temps de s'installer. Pripiat aussi, la ville en Ukraine qui a été vidée de ses habitants après un accident de centrale nucléaire. J'ai toujours trouvé beaux les lieux déserts. Je n'avais jamais remarqué que l'endroit où je vis était parfois l'un d'eux.

J'avance dans l'herbe en évitant les crottes de chien. Si l'humanité devait disparaître, les pelouses ne verraient aucune différence, les chiens viendraient encore déposer leurs crottes et gratter la terre.

Mes pensées ne sont pas très glorieuses, mais ce sont les miennes. J'avance encore quand mon téléphone vibre.

Norbert.

Un SMS court.

*Je l'ai.*

Mon cœur, à nouveau, cesse de battre une seconde, glacé net, puis la chaleur revient.

Mon frère a retrouvé l'homme traqué.

En maîtrisant le tremblement de mes mains, je lui demande où il est. La réponse me fait presque lâcher mon téléphone.

À la maison.

Dès que l'on est partis chacun de son côté, Norbert a pris son vélo et il a roulé vers le chantier. Les façades de plusieurs bâtiments sont en train d'être refaites, les espaces verts sont éventrés en attendant d'être replantés. Des grillages protègent une partie du chantier, les accès aux habitations se font par des passages étroits. Norbert m'a juste expliqué que s'il avait à se cacher c'est là qu'il irait. Il a laissé son vélo derrière un buisson, il s'est glissé entre deux grilles et il a fait le tour des cabanes installées pour les ouvriers. Les portes étaient verrouillées. Ensuite, il est allé voir sous les échafaudages, c'est là que le fugitif avait trouvé refuge, il n'a pas eu l'air surpris quand Norbert l'a découvert, pas plus que lorsque mon frère lui a donné son sweat et lui a passé la capuche sur la tête. Ils sont rentrés à pied, Norbert tenant son vélo, l'homme marchant à ses côtés. La police était repartie, le hall de l'immeuble désert. Ils ont pris les escaliers. Jamais l'homme n'a semblé vouloir s'échapper. Il a suivi mon frère en lui faisant absolument confiance. Norbert n'a rien remarqué d'anormal dans les rues. Et, de loin, qu'y avait-il à voir ? Deux garçons qui marchent ensemble. C'est vrai que l'homme n'est pas très grand et, habillé comme un adolescent, il est impossible de deviner qu'il est adulte.

Maintenant, l'homme est dans ma chambre, dans l'armoire de ma chambre, au cas où les parents rentreraient, et je discute avec Norbert dans le salon,

et je ne sais pas quoi faire,

vraiment pas.

Mon frère raconte calmement les choses, je ne parviens pas à savoir s'il est inquiet.

On ne peut pas garder un homme caché dans l'appartement, ce n'est pas possible. Demain, dimanche, papa et maman ne vont pas bouger de l'appartement.

Je me lève, j'entre dans ma chambre, j'ouvre doucement la porte de l'armoire. Il est là, oui, bel et bien là. Il lève vers moi ses yeux sans pupille. Je détourne instantanément le regard. Il est assis, ses bras entourent ses genoux, son visage n'exprime aucune émotion. Je le regarde en silence, il me renvoie mon silence. Je ne sais ce qui se dégage de lui. Cet homme est une énigme.

Norbert a enlevé les étagères, l'armoire est vieille, massive, l'homme pourrait tenir debout à l'intérieur.

Une pensée me traverse l'esprit, une pensée que j'aurais aimé ne pas avoir. Peut-être est-il dangereux ? Peut-être a-t-il tué des gens ? J'ai dans l'armoire de ma chambre un total inconnu dont je ne sais rien.

C'est de la folie.

Une voix dans mon dos m'arrache à mes macérations. Je fais un bond avant de reconnaître Norbert. Je n'ai pas compris ce qu'il a dit. Il tient le dictionnaire à la main, ouvert à la page du planisphère. Il le tend à l'homme et lui demande d'où il vient.

Lentement, avec des précautions disproportionnées, l'homme saisit le gros ouvrage et regarde la carte du monde. Comme rien ne se passe, mon frère s'approche, prend la main de l'homme dans la sienne, saisit son index entre deux doigts et le place sur la France.

*Ici,* il dit, *on est ici. D'où viens-tu ?*

Un temps, l'homme semble hésiter, son doigt parcourt la carte, traverse l'Europe, s'attarde dans les méandres des Balkans, remonte vers la Russie. Je l'observe tandis qu'il trace des chemins sur le planisphère. Son doigt quitte la carte et, le plus sérieusement du monde, l'homme pointe une direction située vers le plafond de l'armoire.

*Il n'a rien compris,* fait Norbert.

Je réfléchis. Est-il possible qu'il ne sache pas lire une carte ? Après tout, un planisphère est une déformation du monde. On s'est habitué à voir notre Terre de cette façon. Il nous faudrait un globe. Plus jeune, j'en avais un, mais un jour Norbert avait shooté dedans et explosé le plastique.

*Il ne sait pas reconnaître une carte,* fait Norbert. *Attends, j'ai mieux.* Il quitte ma chambre et revient une minute plus tard en gonflant un ballon. Je ne sais pas où il a eu ça : le globe terrestre est imprimé sur le ballon. Il bouche la valve et le tend à l'homme qui, sans aide, place son doigt sur le quart nord-ouest de la France où nous sommes, traverse de nouveau l'Europe, s'arrête quelque part du côté de la Slovénie ou de la Croatie, traverse la Slovaquie, l'Ukraine et glisse jusqu'à une zone frontalière entre la Russie et le Kazakhstan. Là, son doigt s'élève et montre le haut de l'armoire. Décidément, il ne comprend rien à rien.

C'est à ce moment que mon frère prononce la phrase la plus invraisemblable que j'aie jamais entendue : *C'est clair,* fait-il, *il vient de l'espace et il a atterri en Russie.* Je voudrais éclater de rire mais je n'y arrive pas. J'ai juste une chair de poule effroyable. Sans rien ajouter, Norbert reprend le ballon des mains de l'étranger qui claque sa langue à plusieurs reprises, et se laisse tomber sur mon lit.

Je voudrais dire mille choses. La porte d'entrée ne m'en laisse pas le temps : elle s'ouvre et les voix de nos parents emplissent le couloir. Je referme l'armoire et entraîne Norbert hors de ma chambre. Des sacs de courses encombrent le passage. J'ai le réflexe de voler un paquet de gâteaux avant que maman ne se mette à remplir les placards et le frigo. Il va falloir nourrir celui qui est caché dans ma chambre.

Le repas du soir est la trêve qui me permet de réfléchir tranquillement à la situation. L'étranger ne peut pas rester dans ma chambre. Il faut qu'il trouve un autre endroit pour se cacher. À la télévision, les informations passent d'un avion disparu aux résultats de je ne sais quelle course de bateaux. Je n'écoute pas, j'ai mieux à faire, je réfléchis. Mon frère mange comme d'habitude : la tête penchée sur son assiette. Je repense à ce qu'il a dit. L'homme n'est pas un extraterrestre. Il est juste différent. Albinos, petit, totalement incapable de communiquer, muet peut-être, atteint d'une maladie singulière des yeux. À partir de combien de différences un homme n'est plus un homme ? Ma question est stupide. C'est ce que font les racistes : ils mettent les particularités en avant pour dire que certaines personnes sont à part ou inférieures. Je suis perdu, tout simplement perdu. Mon téléphone vibre dans ma poche, je regarde le message : c'est Tom. Il est en Andalousie, il a randonné toute la journée, il est monté avec ses parents tout en haut du mont Mulhacén, dans la Sierra Nevada, et on a beau être début juillet, il reste de la neige. Demain, il ira à Grenade visiter l'Alhambra.

*Téléphone !* Le cri de mon père me fait sursauter. *Qu'est-ce que j'ai dit ? Je ne veux pas voir de téléphone à table !*

Il a à peine tourné la tête vers moi, il aboie en regardant l'écran du téléviseur. C'est bientôt la météo.

Il se passe alors une chose imprévue : je réponds.

Je réponds que je regardais juste un message.

Je réponds que je ne vois pas pourquoi je n'aurais pas le droit d'avoir mon téléphone à table puisqu'il a bien sa télé, lui.

Je réponds que le téléphone ne nous a pas coupé la parole puisque l'on n'a rien à se dire.

Je réponds que j'ai des amis qui, eux, au moins, font autre chose que de manger le nez dans leur assiette.

Je réponds que j'en ai marre.

Je réponds que je m'en fous de la météo et que je ne vois pas pourquoi ça l'intéresse parce que demain il ne mettra pas un pied dehors.

Je réponds que j'en ai marre de tout, qu'il me tarde que l'on se casse de cet immeuble, cela nous fera de l'air.

Je crache tout ce que j'ai sur le cœur d'une seule tirade, j'ai la voix qui tremble, j'ai parlé bien trop vite pour que tout ce que j'ai à dire soit compréhensible. C'est mon problème, cela m'arrive quand je suis trop ému, j'avale des syllabes, je mange mes mots. Cela se produit parfois en cours quand un professeur m'interroge, dans les couloirs du collège quand des abrutis s'en prennent à moi. J'entends mon cœur battre trop vite dans ma poitrine, et je rentre ma tête dans mes épaules. Cette fois-ci, j'en suis certain, je viens de tirer le ticket gagnant pour la loterie : le gros lot sera une baffe.

Papa lève les yeux sur moi. File, il aboie d'un ton sec. Je me lève, je quitte la table, je vais direct dans ma chambre. Je m'en tire plutôt bien. Comme toujours quand papa s'énerve, maman n'a pas bronché. Ce soir, sans doute, quand nous serons tous couchés, elle s'emportera et j'entendrai crier mes parents.

Doucement, j'ouvre la porte de l'armoire. L'homme dort, la tête dans ses bras. Il a bu une petite bouteille d'eau, il a mangé les biscuits. Je l'observe quelques secondes puis le laisse tranquille. C'est un homme, pas un extraterrestre, Norbert a vraiment des idées stupides.

Je m'allonge sur mon lit. Rage Against the Machine, encore un vieux groupe, rappe *People of the Sun* dans mes oreilles. Je ferme les yeux. Guitare et basse dressent un mur qui tient les pensées à distance, c'est parfait, c'est ce qu'il me faut. L'été va être insupportablement long à ce rythme-là. Je m'engouffre tout entier dans la musique, je n'ai rien à faire, les morceaux s'enchaînent aléatoirement, je monte le son, j'aimerais tout oublier y compris qu'un étranger dort plié en deux dans mon armoire et qu'il n'est pas possible d'en parler avec mes propres parents.

Une main sur mon épaule me force à ouvrir les yeux, mon cœur bondit, mais ce n'est que Norbert. Il tend sa tablette allumée à bout de bras et il me parle. Je coupe le son. Je crois que j'ai dormi un tout petit instant. Il n'est même pas 21 heures. J'ôte les écouteurs de mes oreilles. J'aurais aimé que maman vienne me voir. Encore une petite déception que je dois remiser tout au fond de moi, je suis grand, je sais enterrer les déceptions pour qu'elles ne viennent pas m'encombrer.

Mon frère s'assoit sur mon lit, et il me montre ce qu'il a trouvé. Des images amateurs, plusieurs dizaines de vidéos qui montrent une traînée dans le ciel, une brusque explosion, et des fenêtres brisées dans une petite ville. Les images tremblent, certaines sont totalement floues. Sur une vidéo, on voit une femme dans sa cuisine, puis d'un coup toutes les fenêtres se brisent et la femme pousse un cri. Un film amateur zoome en tremblotant sur l'avancée de ce qui ressemble à un météore dans le ciel : une boule enflammée passe puis disparaît dans un flash. En parlant bas, Norbert m'explique qu'il a cherché si des ovnis avaient été aperçus il y a peu de temps vers le centre de la Russie, là où l'homme avait par deux fois détaché son doigt pour le faire voler en direction du plafond de l'armoire. Il a trouvé des trucs complotistes idiots et puis plusieurs vidéos sur la désintégration d'une météorite le mois dernier à l'ouest d'une ville nommée Omsk. Je lui prends la tablette, j'ouvre une autre fenêtre, je fais des recherches et je tombe sur plusieurs articles publiés par des journaux sérieux qui évoquent cette météorite. Un journaliste écrit que c'est la seconde fois en cinq ans qu'un superbolide se désintègre à basse altitude dans la région. J'apprends qu'en 2013, au-dessus de la ville de Tcheliabinsk, une météorite a explosé en libérant trente fois la puissance de la bombe de Hiroshima. Et voilà trois semaines exactement, le phénomène s'est reproduit à 150 kilomètres vers l'est, entre Tcheliabinsk et Omsk, au-dessus d'une zone pratiquement déserte. Si des éclats de la météorite de 2013 ont touché le sol, il n'est rien resté de celle de 2018 qui devait être beaucoup plus petite. L'article parle d'un diamètre de 16 mètres et d'une masse de 8 000 tonnes pour la première et d'un diamètre de seulement 8 mètres pour une masse de 4 000 tonnes pour la seconde. En conclusion, le journaliste rappelle que, s'il est commun que des météorites franchissent l'atmosphère terrestre, les probabilités que deux météorites se désintègrent à seulement cinq années d'intervalle au-dessus de la même zone sont extraordinairement faibles.

Ce qui me sidère, ce n'est pas cette histoire de météorite, mais que Norbert prenne ses propres affabulations au sérieux. Je lui demande s'il croit vraiment à ce qu'il raconte. Il se contente de me répondre qu'il n'en sait rien. Il a cherché à vérifier ce que l'étranger a raconté. Quand je lui fais remarquer qu'une étoile filante qui explose n'est pas la même chose qu'un vaisseau spatial qui se pose, il hausse les épaules. Son hypothèse est simple : un ovni en difficulté se désintègre dans le ciel russe, le pilote a le temps de sauter. Au sol, d'une manière ou d'une autre, il est repéré par les services secrets ou la mafia, il s'échappe, traverse toute l'Europe, se cache un temps dans les Balkans, arrive jusqu'ici et s'enferme maintenant dans mon armoire.

*Mon armoire qui conduit au royaume de Narnia,* j'ajoute. Et Norbert me demande de rester sérieux. Là, j'ai soudain envie de rire. C'est comme si tout m'échappait des mains depuis deux jours. Je ne sais pas si c'est parce que les vacances me paraissent infinies et sans but, si c'est parce qu'un homme dort dans mon armoire, si c'est parce que je suis le seul à être stressé à l'idée de déménager. Je n'en sais rien, je me sens mal, tout simplement mal, sans parvenir à trouver ce qui cloche en moi.

Cette année, à la demande des professeurs, mes parents m'ont fait passer un test de QI. Il faut dire que mes notes allaient du 2 au 19 d'un devoir à un autre. Ma moyenne générale est plutôt forte, mais parfois je n'arrive pas à m'intéresser aux questions qui me sont posées. Les professeurs avaient évoqué mon cas au conseil de classe. Je ne correspondais pas au stéréotype que l'on attendait de moi. Père au chômage, mère qui remplit des cartons, frère aîné aux résultats catastrophiques. Cela ne coïncide pas avec un adolescent introverti qui a 16 de moyenne générale malgré quelques notes catastrophiques. Les professeurs ont voulu qu'une psychologue vérifie si j'étais précoce. J'ai eu quatre séances où on a discuté de tout et de rien, où j'ai répondu à des questionnaires. Un jour qu'il pleuvait, je suis entré dans son cabinet en disant que j'aimais bien l'odeur du pétrichor. Elle a roulé de grands yeux, elle ne connaissait pas le mot. J'ai expliqué qu'il servait à désigner l'odeur particulière de la terre après la pluie. Elle a toussoté, noté un truc dans son carnet et on a commencé la séance comme si de rien n'était. J'étais content de mon coup, j'avais découvert le mot la veille, en cliquant sur un lien qui citait dix mots impossibles à placer dans une conversation. J'ai pris ces tests comme un jeu.

Le résultat a démontré que je me situais dans la fourchette haute, mais que j'étais tout à fait ordinaire. Je n'étais pas surdoué ou quoi que ce soit d'autre. Je ne sais pas si cela a soulagé mes parents. Papa a simplement dit qu'au prix que coûtait le bilan avec la psychologue, c'était dommage de ne rien trouver.

J'en reviens toujours à mon frère, mais je crois que j'en veux aux professeurs. Dès le jour de la rentrée, j'étais l'ado-renfermé-qui-porte-des-tee-shirts-de-groupes-de-métal-dont-le-grand-frère-avait-introduit-une-grenade-dans-le-collège. J'aurais aimé être regardé pour celui que je suis et pas comme un nouveau problème potentiel.

Norbert se relève. *Demain,* il dit, *papa et maman vont commencer à faire les cartons. Quand ils seront occupés dans leur chambre, on en profitera pour déloger l'alien de ton armoire.*

Je préfère ne pas relever l'usage du mot *alien*, je fais oui de la tête ; il quitte ma chambre et me laisse seul. Enfin, pas vraiment seul. J'écoute, je tends l'oreille au maximum. Je n'entends rien, pas un souffle, pas un mouvement. Je me déshabille à toute vitesse, garde mon caleçon et me glisse sous la couette. Me voici dans la cabine d'un bateau menacé de naufrage avec un passager clandestin. Si le capitaine l'apprend, ça va me coûter cher.

Et je dors.

Du moins, j'essaie longtemps.

# 5

Tôt, vers 6 heures du matin, j'ouvre les yeux. J'ai baissé le volet roulant sans le refermer tout à fait, cela découpe des pointillés de lumière dans le noir. On y voit presque comme en plein jour. L'étranger est sorti de l'armoire, il dort allongé sur le sol, sa tête sur un sac que j'ai rempli de vêtements. Si mes parents avaient l'idée d'entrer dans ma chambre, ce serait la catastrophe. Heureusement, il est tôt, très tôt. L'homme se redresse. Je n'avais pas vu qu'il avait les yeux ouverts. Très bas, il cliquette quelque chose. Je réalise que cela fait douze heures qu'il n'a pas quitté cette pièce. Je me lève, enfile un jean et un tee-shirt, ouvre la porte de ma chambre. Je fais chut en tendant mon index devant mes lèvres. Il me suit dans le couloir. Aucun danger que mes parents se réveillent avant 9 ou 10 heures, c'est dimanche. J'ouvre la porte des toilettes puis celle de la salle de bains. J'invite l'homme à faire ce qu'il a à faire, et je lui montre la direction de ma chambre. Je refais chut. Je ne sais pas ce qu'il comprend. Je ne sais pas s'il sait se servir d'une chasse d'eau ou d'un robinet. J'espère. Je ne peux pas être tout le temps avec lui pour l'aider.

Je m'allonge sur le lit, et j'attends. Je ne sais pas ce que je ferais si un de mes parents se levait. Ce serait la catastrophe.

Je patiente. Je tends l'oreille. L'étranger est plus que silencieux. Deux minutes passent, puis il revient dans la chambre. Je me lève, passe derrière lui, tire la chasse d'eau aux toilettes, vérifie la salle de bains mais ne détecte aucun signe de son passage. Je retourne dans ma chambre. Il s'est placé devant l'armoire grande ouverte. J'aimerais parler avec lui, je ne sais pas comment faire. Discrètement, je remonte le volet roulant. Sur une feuille, j'écris mon prénom, Jeff, je lui tends le papier et le stylo qu'il regarde sans les prendre.

Visiblement, dans son pays on n'a jamais ouvert de bouteille d'eau, on n'a jamais vu de planisphère, on ne tire pas la chasse d'eau, on n'a jamais vu de papier ni de stylo. Brusquement, j'ai peur. Une peur irraisonnée. Ce type est peut-être tout simplement fou, totalement déglingué. Il a passé la nuit dans ma chambre sans tenter de m'étrangler, mais ça ne veut rien dire. Les fous, parfois, agissent sous l'impulsion de crises subites. Ça ne peut plus durer. Il faut que j'agisse. Je ne veux pas le jeter à la rue, je ne veux pas que mes parents sachent que nous avons introduit un étranger chez nous, mais je ne peux pas le garder dans mon armoire.

*Vous êtes réveillés ?* Le chuchotement de Norbert manque de me faire hurler. Je ne l'avais entendu ni se lever ni s'approcher. Mon éléphant de frère est donc capable d'être furtif. *Il faut aller cacher Alien avant que papa et maman se réveillent,* dit-il. Je déteste ce surnom qu'il utilise, je n'ai pas le temps de lui dire, il a raison, l'étranger ne peut pas rester toute la journée dans ma chambre, c'est trop risqué. Je demande à Norbert s'il a une idée, on ne peut pas le renvoyer dans la cave, ceux qui ont fracturé les serrures peuvent repasser. Et, tout naturellement, Norbert me répond que c'est réglé, il a une cachette pour la journée, on doit se dépêcher. Il tend un sweat à l'homme ainsi qu'une casquette, me dit d'aller prendre de l'eau et de la nourriture dans la cuisine, et de ne pas le regarder comme ça la bouche ouverte et les bras ballants.

Très vite, nous sommes au bas de l'immeuble. Quelqu'un qui nous croiserait verrait trois adolescents, une petite bande sans grande originalité. Un garçon trop gros pour son âge en survêtement gris, un très maigre avec une capuche passée par-dessus sa casquette, et un autre à la mine épouvantable portant un tee-shirt délavé noir où le nom Metallica est inscrit en blanc. Norbert ne me dit toujours pas où nous allons. Il marque un temps d'hésitation dans le hall. Si quelqu'un surveille le parking, il nous verra passer. Il est possible qu'il ne reconnaisse pas l'homme traqué coincé entre nous deux. Il est possible aussi que trois ados sortant d'un immeuble un dimanche matin alors qu'il est à peine 6 h 30 paraissent suspects.

Il est trop tard pour faire machine arrière. Je respire un grand coup. *On n'aura qu'à dire qu'on part faire un tournoi de foot,* je fais. *Je hais le foot,* répond Norbert, et il ouvre la porte. Nous sommes dehors. J'évite de regarder en tous sens pour savoir si quelqu'un nous espionne. Norbert traverse le parking, nous le suivons le plus naturellement du monde : route, nous traversons, trottoir, nous le longeons par la droite. Encore plus qu'hier soir, la cité semble déserte. Pas une voiture, pas un chien, pas un chat, personne, vraiment personne. Le ciel, tout là-haut, est déjà bleu. Nous descendons vers le centre social, le contournons, nous nous dirigeons vers l'endroit où mon frère a trouvé l'homme caché sous un échafaudage, hier.

On va où ? je redemande.

Norbert lève les yeux sur moi, il souffle, et finit par répondre : au chantier, il sera en sécurité.

Nous avançons dans le calme d'un petit matin d'été. Tout semble apaisé, l'air a gardé la fraîcheur de la nuit. C'est presque impossible de penser que 20 000 personnes vivent ici, il n'y a que nous trois. J'espère de tout cœur que je ne me trompe pas, que la quiétude du matin ne dissimule pas une violence tapie. J'espère que les hommes qui traquent l'étranger ne nous ont pas vus, qu'ils ont renoncé, qu'ils sont partis ailleurs.

Très vite nous arrivons en face des immeubles en réhabilitation, un grand espace est ceinturé de grilles : du matériel est entreposé là, ainsi que des Algeco où les ouvriers, j'imagine, peuvent se changer et mettre leurs affaires sous clé. Je retiens Norbert par l'épaule. Il doit y avoir un vigile, je dis. Il se retourne, me sourit. Justement, répond-il, il s'approche de la grille et appelle dans un souffle : Mo. Je n'ai pas le temps de réagir qu'un homme s'approche. Il tient un chien-loup muselé au bout d'une laisse très courte. L'homme s'immobilise et nous dévisage quelques secondes. C'est foutu, je pense, le vigile va nous dire de déguerpir et nous menacer d'envoyer son chien nous mordre les mollets. Contre toute attente, il salue Norbert et ouvre la grille en nous faisant signe de nous presser. Nous nous glissons dans l'ouverture et il nous demande de nous faufiler entre les Algeco pendant qu'il referme dans notre dos avec une chaîne et un cadenas.

Sans ajouter un mot, le vigile ouvre un Algeco et nous invite à entrer. L'intérieur est aménagé avec une couchette, une table. Il y a même un micro-ondes et une cafetière. Norbert serre la main du vigile puis me présente comme étant son petit frère. L'homme me broie vigoureusement la main. *Mo, pour Mohamed,* il dit, *mais je préfère Mo.* Bêtement, je réponds que Jeff, c'est pour Jean-François. *On est pareils,* fait l'homme en souriant. Norbert présente ensuite l'étranger, il dit *l'alien* en le montrant du doigt. Mo tend sa main, ne se laisse pas démonter par l'absence de réaction de l'étranger, attrape sa main si blanche et la serre un long moment.

Mo nous explique que l'étranger sera tranquille ici. Personne ne viendra le déranger avant demain matin 7 heures. Il répète pour l'étranger qui demeure passif, planté au centre de la pièce. Il essaie en arabe et l'homme ne paraît pas plus comprendre cette langue que le français. Nous déposons la nourriture que nous avons apportée. Norbert explique en parlant lentement que nous allons revenir demain matin. Il montre un agenda sur son téléphone, pointe le dimanche et le lundi de son doigt. Mo nous demande d'où vient l'homme, je réponds que l'on n'en sait rien. Mo l'étudie un instant et nous dit qu'il vient d'Afrique. Peut-être du Burundi, de l'Ouganda ou du Rwanda. D'après lui, il ressemble à un Pygmée albinos. Je ne comprends pas comment Norbert connaît Mo et je n'ai pas le temps de poser les questions qui m'encombrent. J'explique que l'homme ne s'exprime qu'en claquant sa langue. Mo roule des yeux, me dit qu'on se fiche de savoir d'où il vient. C'est un être humain et il doit être respecté. Mo jure quelque chose en arabe où je reconnais simplement le nom d'Allah, et Norbert le remercie. À tour de rôle, nous prenons la main de l'étranger et nous lui souhaitons une bonne journée. Mo nous assure qu'il passera le voir régulièrement. Il n'a pas beaucoup de travail, il est engagé pour surveiller le chantier des fois que des gens voudraient voler une bétonnière ou que des mômes tenteraient d'entrer pour s'amuser, c'est un travail ennuyeux, seul Rufus trouve à s'occuper en coursant des chats. Entendant son nom, Rufus relève la tête, il était couché aux pieds de son maître.

Mo ouvre le cadenas, nous fait ressortir, verrouille dans notre dos et nous redit que nous n'avons pas à nous en faire.

Il est à peine 6 h 45 quand nous remontons vers l'appartement. Norbert souffle entre ses dents et commence à parler. Lentement d'abord, il lâche quelques informations, c'est à moi de les coudre ensemble pour recomposer le motif entier du tissu de ses secrets. J'apprends que, depuis le printemps, il traîne autour du chantier de réhabilitation. Il a fini par discuter avec des ouvriers et obtenir la permission de rester auprès de deux ou trois contremaîtres, à condition d'être discret, de disparaître dès que les architectes ou les urbanistes débarquent, de ne prendre aucun risque et de ne pas gêner les travaux. Il se rend utile, sert les cafés à la pause, discute, apprend le maniement des outils. En parlant, Norbert emploie un mot qui me fait éclater de rire. Il dit qu'il est la mascotte du chantier. J'étouffe vite mon rire de peur de l'avoir vexé, mais il continue de parler. Il a été adopté par les ouvriers. Je sais maintenant où il disparaît du matin au soir ; je croyais qu'il zonait avec des gars de son âge. Je finis par lui demander pourquoi il fait ça. Et sa réponse me fait comprendre que je ne connais absolument pas grand-chose de mon grand frère. Il veut devenir maçon. J'apprends qu'il est depuis deux ans en conflit avec nos parents qui refusent son inscription en CAP. Papa s'oppose radicalement au désir de

Norbert. Alors, il n'a rien fait au collège, il a redoublé. À l'idée d'être maçon, il se met à me parler de ce métier avec une vibration particulière dans la voix : construire, utiliser des machines, monter des maisons, élever des bâtiments. C'est son rêve depuis qu'il est enfant.

Je l'écoute parler, j'ai un peu honte de découvrir d'un coup que mon frère a des rêves et que nos parents lui en refusent l'accès. Je réentends mon père me dire que si ça continue je serai maçon, dès que j'ai une mauvaise note. Je ne sais pas ce que j'imaginais pour Norbert, je le voyais passif, mou, rien ne paraissait l'intéresser.

Norbert marque une pause, nous approchons de notre tour. Les rues sont toujours aussi désertes. *Mo est un chic type,* enchaîne-t-il, *il est souvent de garde la nuit ou le week-end. Il prendra soin de l'alien. Je lui ai expliqué qu'il s'agissait d'un type sans papiers poursuivi par des passeurs. Mo a des membres de sa famille un peu partout en Europe, il a perdu un cousin quelque part en Méditerranée, à bord d'une barque qui n'est jamais arrivée. L'alien est en sécurité avec lui.*

En silence, j'écoute parler mon frère, j'accumule les informations. Nous arrivons au pied de notre immeuble, je regarde alentour, je ne vois personne. Les voitures sur le parking sont vides, les balcons sont déserts, aucun visage n'apparaît à aucune fenêtre.

*À la rentrée,* ajoute-t-il, *j'irai en CAP de maçonnerie. Les parents m'ont inscrit en vente, mais j'ai changé les papiers. Le temps qu'ils comprennent, l'année aura eu le temps de passer. Papa n'est pas du genre à aller aux réunions avec les profs, et maman a trop de travail pour le faire.*

Je n'en crois pas mes oreilles. De minute en minute, l'image que j'avais de mon frère s'écroule. Je repense au surnom qu'il a donné à l'étranger et je me dis que l'alien, c'est Norbert. Il a été remplacé par un extraterrestre sans que je m'en rende compte.

Les paroles de mon frère m'ont tellement sidéré que je me suis arrêté net de marcher.

*Si tu dis un mot de ça aux parents…* menace-t-il.

*Non,* je cherche à le rassurer, je ne veux pas qu'il se reproche de s'être confié à moi. Je garderai son secret. Je lui promets, lui jure. J'ai juste besoin d'un peu de temps pour digérer les informations, et je ne comprends pas pourquoi les parents sont à ce point opposés à ce que Norbert soit maçon si c'est son désir.

Je n'ai pas fini de répondre que mon frère me sidère une nouvelle fois. *C'est papa qui s'y oppose,* il dit, *parce qu'il a été maçon dix ans et qu'il n'a pas pu continuer.*

Et là, après avoir découvert que je ne savais pas grand-chose de mon frère, je dois admettre que je ne sais rien non plus de mon père.

Les parents dorment encore ; dans le salon Norbert ouvre le buffet et en sort des albums photo d'avant le numérique. Il y en a trois, épais, aux couvertures marron. Il me semble les avoir déjà vus, distraitement ; je sais qu'il y a des photos du mariage de papa et de maman, de nos naissances à tous les deux, et plein de visages inconnus, comme si le temps avait fait le vide autour de nos parents. Norbert tourne les pages et me montre papa juste avant son mariage. Une photo de lui en tenue de travail avec un casque de protection et des chaussures renforcées. Sur une autre, papa et plusieurs gars font une pyramide humaine sur un chantier. Tous sourient ou rient aux éclats. Visiblement, la photo a été prise juste avant que le type qui se tient sur les épaules de notre père ne tombe par terre. Je tourne les pages, je vois d'autres parents que les miens : des gens jeunes, souriants, heureux. Mon père moins gros, ma mère plus mince, les deux rient. C'est comme si le temps avait gonflé l'un et dévoré la joie de l'autre. Je sais pourquoi je ne regarde jamais ces vieux albums : parce que les gens qui s'amusent, dansent, trinquent et rient au bord de la mer n'existent plus. En moins de vingt ans, ils ont été remplacés par de vagues sosies tristes et résignés, les sourires sont devenus des silences, les cris de joie, des engueulades. L'homme que je contemple sur un terrain de foot le ballon au pied a été bouffé par le passage des années. Plus jamais il ne sera capable de courir joyeusement.

Pendant que je tourne les pages, Norbert m'explique que papa a été maçon. D'après ce qu'il sait, papa n'a pas choisi, ce sont ses parents qui l'ont placé de force en apprentissage. Il a été formé à la dure, par un entrepreneur qui n'avait pas trop de scrupule à lever la main sur ses employés, surtout s'ils étaient mineurs. Il a tenu une dizaine d'années avant que plusieurs hernies l'obligent à arrêter. À vingt-cinq ans, papa s'était déjà bousillé le dos à porter des sacs de ciment, des parpaings, et à pelleter des tranchées. Maman était enceinte de Norbert, il avait ensuite enchaîné les petits boulots en intérim : gardien de nuit, livreur, paysagiste, jusqu'à ne plus rien faire.

Je lève les yeux d'une photo où papa et maman dansent. Le visage de papa est caché par les cheveux de maman qui regarde vers l'objectif. Ils sont jeunes et invincibles sur ce cliché. Ils ne sont pas encore les parents dont j'ai si souvent honte. Je savais que notre père avait quitté l'école très tôt, je savais qu'il s'était brouillé avec ses parents à peu près à l'époque où il avait rencontré maman, et qu'il était passé de jobs précaires en contrats de quelques jours. Je savais aussi qu'il n'avait renoué avec sa famille qu'à la naissance de Norbert, pour que ses parents rencontrent leur petit-fils. J'ignorais tout de l'apprentissage et des hernies.

*Papa a été opéré trois fois pour des disques écrasés sur la colonne vertébrale,* ajoute Norbert. Quand je lui demande comment il sait tout cela, Norbert hausse les épaules. J'ai demandé, il répond. Et puis, papa et maman parlaient plus autrefois. *Tu as trois ans de moins que moi, tu étais trop petit pour t'intéresser aux conversations.*

J'encaisse en silence. Ce matin, je comprends à quel point j'ai volontairement ignoré de nombreuses choses. Depuis longtemps, j'ai enfermé Norbert dans une boîte, et le Norbert qui me parle n'est en rien celui que je pensais qu'il était. Et j'ai sans doute fait la même chose avec nos parents. J'ai toujours vu mon père comme un type qui se pose en victime et ne fait rien pour s'en sortir, un champion du monde de zapping, le type qui passait des heures à jouer avec la console qu'il nous avait soi-disant offerte pour notre Noël et qui l'avait cassée avant que l'on ne puisse y toucher, un père qui vit dans un monde parallèle, qui ne nous remarque que lorsqu'on vient déranger sa tranquillité. Un égoïste. C'est peut-être ce qu'il est, mais il ne l'a pas toujours été, et, s'il a perdu des combats, cela veut dire qu'au moins il s'est battu.

J'ai besoin de calme. Il faut que j'encaisse tout ce qui vient de m'être révélé.

Nous rangeons les albums photo avec précaution. J'ai l'impression d'avoir regardé des images interdites, d'être tombé sur un secret bien gardé alors que tout était là, à disposition. Il aurait juste fallu que je sois un peu plus curieux.

Il est à peine 7 h 15 quand je m'allonge sur mon lit. J'écoute le silence. Depuis que les déménagements ont commencé, l'immeuble est de plus en plus calme à mesure qu'il se vide de sa vie. D'habitude, le dimanche matin, un dingue bricolait dès le lever du jour, il attaquait les murs à la perceuse, et les vibrations se propageaient d'étage en étage. Je n'ai jamais su qui c'était. Il a dû partir dans les premiers, cela fait quelques semaines qu'il ne réveille plus personne. J'imagine que là où il s'est installé il va maintenant poser des étagères pendant des mois et des mois, chaque dimanche, dès 7 heures.

J'ouvre le tiroir de la table de nuit et je prends le petit objet que j'ai trouvé dans la cave, l'espèce de caillou gris symétrique. Je ne sais toujours pas s'il s'agit d'une pierre parfaitement polie ou d'un métal léger. Au contact, l'objet n'est pas froid, il paraît à nouveau être à l'exacte température de ma peau.

J'arrête d'écouter le vide, j'ai besoin de me couper de tout et rien de tel que la musique pour m'y aider. *Has he lost his mind?* demande Black Sabbath dans mes oreilles. *Can he see or is he blind?* Je regarde les paroles sur Internet. *A-t-il perdu la tête? Voit-il ou est-il aveugle?* C'est tout à fait pour moi. J'étais aveugle parce que je ne voyais pas les nuances. C'est plus pratique de penser que quelqu'un est totalement nul plutôt que d'essayer de revoir ses jugements.

La musique tourne en random. Que des vieux trucs.

Motörhead, System of a Down, Green Day, Guns N'Roses. Je me laisse porter par les guitares, j'aimerais être une pulsation de batterie, je ferme les yeux. Quatre à cinq coups de grosse caisse entre deux battements de mon cœur. Je ne vais pas pouvoir me rendormir. Que fait le fugitif en ce moment ? Dort-il ? Patiente-t-il comme moi ? Et, si c'est le cas, qu'attend-il ? Pourquoi reste-t-il dans la cité ? A-t-il un rendez-vous ici ? Quelqu'un qui doit venir le chercher ? Est-il totalement perdu ? Pourquoi ne continue-t-il pas son chemin s'il est venu de Russie ou d'Afrique ou de je ne sais où ?

À nouveau, la question de savoir s'il a toute sa tête revient. J'ai peut-être caché un malade mental dans mon armoire avant de le refiler au vigile d'un chantier.

J'ouvre les yeux.

Dans la nuit, Tom m'a envoyé plusieurs snaps. Lui et sa famille dans des jardins magnifiques, lui et sa famille à la plage, lui et sa famille devant une très haute église (une cathédrale ?), lui et sa famille au restaurant. Je n'ai rien à répondre. Puisque ce matin j'ai décidé d'être honnête envers moi-même, je peux m'avouer que je suis jaloux, que j'aimerais moi aussi avoir des parents qui n'ont rien perdu de leur lumière et qui peuvent offrir un voyage en Andalousie à leurs enfants.

Je ferme l'application et mes yeux.

Dans un cabanon de chantier, un homme attend. Il va passer la journée sans sortir. Sur place, il a de quoi manger et boire. Je n'ai pas compris comment il fera pour faire ses besoins. La cité, pour lui, est une île dont il serait le naufragé. S'il s'est allongé au sol, alors ses yeux noirs sans pupille contemplent les plaques en plastique du plafond. Ses mains si blanches touchent le sol. Va-t-il chercher à demeurer ici plusieurs jours ? des mois ? des années ?

Un homme respire si bas que son souffle ne s'entend pas. Il a beaucoup couru jusqu'à présent. Il reprend des forces depuis trois jours. Il est criminel ou innocent, coupable ou ignorant. Il est aussi mystérieux que les claquements de sa langue.

Vers 9 heures, j'entends du bruit. J'ai coupé la musique depuis une demi-heure. Je devine que c'est maman qui est réveillée. Je respire un grand coup et je me lève. Elle s'étonne de me voir débarquer dans la cuisine. Me demande si je vais bien. Je réponds simplement que j'ai envie de prendre mon petit déjeuner avec elle. Immédiatement, elle se relève. Je l'en empêche. *Reste assise,* je dis, *je vais me préparer mon petit déjeuner tout seul.* Brisée dans son élan, elle hésite une seconde et retombe sur sa chaise.

On parle peu, je lui pose quelques questions, et nous convenons qu'il faut commencer à préparer sérieusement le déménagement. Cela occupera le dimanche. Quand papa apparaît, il nous trouve en train de vider un placard. À la seconde où il passe en silence à nos côtés, maman tient dans sa main une vieille paire de baskets défoncées qu'elle jette dans un grand sac-poubelle. Papa se traîne sans un mot jusqu'à la cuisine, et maman éclate de rire brusquement, elle rit si fort qu'elle me contamine et que je ris à mon tour. Papa nous regarde un instant, je ris d'autant plus fort que j'ai peur qu'il se mette en colère comme hier soir. Il se contente de hausser les épaules et de grommeler que tout le monde est fou dans cette famille.

On ne l'écoute pas, on déniche des vieilleries épouvantables, maman cesse de rire mais pas de sourire. Je repense à son éclat sur les photos. Il est possible que le temps n'ait pas tout effacé.

*Tu rêves ?* elle me demande. Je sursaute et retire de grandes bottes du placard. Maman les prend, les examine, glisse son bras à l'intérieur et ses doigts sortent par la semelle décollée. Elle se sert de la botte usagée comme d'une marionnette pour dire : *poubelle.* À ce moment, papa repasse par le couloir, il demande s'il reste du café. *J'en sais rien, t'as qu'à chercher,* répond la botte à grande bouche. Et à nouveau, maman éclate de rire.

# 4

Est-il possible de s'installer dans le provisoire et l'inconfort ? Sans doute. Lundi matin, nous sommes allés récupérer l'étranger avant l'arrivée des ouvriers. Mo était encore là avec Rufus dormant roulé sur lui-même, bavant dans son sommeil. Mo a suivi mon regard et a éclaté de rire en me disant qu'il ne fallait pas se fier aux apparences : Rufus était une vraie machine de guerre. Entendant son nom, le chien a relevé une oreille, ouvert les yeux et s'est allongé sur le ventre dans l'espoir d'une caresse. Je ne sais pas combien d'heures d'affilée Mo travaille. Il donne l'impression de n'avoir jamais appris l'existence du mot *fatigue*.

On a aidé l'étranger à remettre sa casquette et la capuche par-dessus, et on est rentrés à la maison. Dimanche, papa s'était enfin décidé à préparer le déménagement. Il avait démonté le buffet du salon et deux armoires avec Norbert pendant que je triais les affaires et remplissais des cartons avec maman. En prétextant descendre des trucs inutiles à la cave, Norbert avait aménagé un coin plus confortable pour l'étranger. On en avait profité aussi pour lui faire une petite réserve de nourriture. Mon frère avait décidé que l'étranger dormirait toutes les nuits sur le chantier et qu'il passerait ses journées à la cave, sauf quand papa sortirait : on pourrait alors l'inviter dans l'appartement. Pour qu'il se douche et puisse voir un peu la couleur du ciel.

Dès qu'il a fini d'escorter l'homme jusqu'à la cave, Norbert file au chantier. J'aimerais aller le rejoindre, savoir ce qu'il y fait au juste. Je n'ose pas, c'est son lieu à lui.

La semaine a commencé. Je me répétais que c'était une pure folie. Que cet homme allait finir par s'énerver ou partir. Mais non. Il semble nous faire une totale confiance, il se cache quand on lui demande, il nous suit quand on vient le chercher. Et déjà nous sommes jeudi. Je n'ai aucune idée du temps que l'on tiendra. Je sais juste que cet étranger n'est pas fou et que nous ne sommes pas en train de nous monter un film avec Norbert. J'en ai eu plusieurs preuves ces derniers jours.

Mardi en fin de matinée, j'étais dans ma chambre lorsque j'ai entendu du bruit, je suis sorti voir ce qui se passait. Dans le couloir, papa discutait avec plusieurs types habillés en combinaison blanche. Les hommes avaient des bottes noires aux pieds et des gants blancs épais en caoutchouc. Une seconde, une terrible peur a dégringolé dans mon estomac. J'avais une brique dans le ventre et la chair de poule. Je me suis approché. Papa m'a remarqué, il m'a dit que c'était pour vérifier s'il n'y avait pas d'amiante dans les appartements avant la démolition. L'homme qui se tenait en face de lui m'a à peine jeté un regard. Un autre type était déjà occupé à faire le tour de la cuisine et du salon. Quand il est passé devant moi je l'ai reconnu,

*Nègre blanc,*

c'était lui,

son visage sec et tendu,

sa démarche,

c'était lui,

l'homme qui m'avait demandé la semaine dernière si j'avais vu un Nègre blanc,

il était là, déguisé en désamianteur, mais c'était lui. C'était la troisième fois que je le voyais vêtu de trois tenues différentes.

J'ai baissé les yeux, il m'a frôlé, il a fait le tour des chambres en une minute, a regardé les toilettes et la salle de bains. Il est repassé devant moi, je regardais mes pieds, il n'y a aucune raison qu'il me soupçonne de quoi que ce soit. Il a juste fait un signe de tête aux deux autres qui attendaient avec papa dans l'entrée et ils sont partis.

J'ai avalé ma salive, j'ai inspiré un grand coup. Je crois que j'ai retenu mon souffle tout le temps où il était dans l'appartement.

Papa est allé boire un café dans la cuisine, je lui ai demandé s'il trouvait normal que des types entrent chez nous. Il m'a regardé bizarrement. J'ai insisté. Un type qui passe de pièce en pièce, ouvre toutes les portes et ressort en quelques secondes, comment sait-il s'il y a ou non de l'amiante ? Papa a répondu que c'était un spécialiste, c'était son métier de savoir. Je ne voulais pas lâcher, j'ai demandé qui l'envoyait.

La compagnie de HLM.

Papa avait-il vu un papier, un courrier officiel ?

Non.

Pourquoi la compagnie dépêchait-elle des gens ? Ils ont construit l'immeuble, ils ont les plans, ils savent ce qu'il y a dans les murs ou les revêtements.

Papa m'a alors balancé son regard mauvais, et je n'ai plus insisté. La conversation était close.

J'ai attendu à la fenêtre que les trois types sortent de l'immeuble, puis je suis descendu à la cave. L'étranger était là, recroquevillé sous un amas de couvertures, lui qui, d'habitude, s'installait à son aise sur le lit de cartons qu'on lui avait préparé. On aurait dit qu'il avait senti le danger.

Le soir, j'ai longtemps parlé avec Norbert. L'étranger est forcément important pour que des hommes prennent de tels risques pour le retrouver. Ce serait une simple histoire de dettes, ils auraient renoncé depuis longtemps. Ils avaient fouillé les couloirs, ils avaient fracturé les caves, maintenant ils visitaient les appartements. C'était incompréhensible. Qu'est-ce qui peut justifier de traquer un homme à ce point ? Un réfugié ne paie pas une traversée, la mafia veut sa mort, c'est terrible et banal. Mais là : des hommes qui déploient autant d'efforts pour attraper quelqu'un, ce n'est pas une histoire ordinaire.

Norbert avait recommencé à dire que l'homme n'en était sans doute pas un, et cette fois, c'est moi qui m'étais énervé.

L'autre événement est survenu mercredi après-midi. Et, pour la première fois, je me suis demandé si Norbert n'avait pas raison. Maman était au travail, papa s'était absenté pour la journée. Exceptionnellement, mon frère n'était pas allé au chantier pour s'occuper avec moi du fugitif. Dès le départ de notre père, nous l'avons fait monter dans l'appartement. Chez nous, cela ressemblait de plus en plus à un squat et de moins en moins au cadre de vie d'une famille. Plusieurs meubles étaient redevenus des tas de planches. Les vêtements d'hiver et tout ce qui ne servait pas étaient dans des cartons ou des grands sacs. Une fois qu'il avait commencé, papa ne s'arrêtait plus. Il restait cinq jours avant notre déménagement.

Pour faire passer l'étranger de la cave à notre appartement, nous avions convenu d'un plan : Norbert faisait le trajet seul, son téléphone allumé dans sa poche, et j'écoutais dans le mien s'il croisait quelqu'un. Nous sommes passés par les escaliers, il avait toujours un étage d'avance sur nous. C'est fou d'agir comme dans un polar, d'être toujours sur le qui-vive, cela rend totalement parano. Nous n'avons heureusement croisé personne.

Une fois rentrés dans l'appartement, l'homme s'est dirigé de lui-même vers ma chambre et il a eu un temps d'arrêt lorsqu'il a découvert que mon armoire était devenue un tas de planches et un sac de vis. C'était la première fois que je le voyais clairement exprimer ce qui ressemble à une émotion.

Il s'est tourné vers nous, nous lui avons fait signe de nous rejoindre au salon, nous lui parlions même s'il ne comprenait rien. Comme on fait avec un tout petit enfant ou un animal craintif. Il a fait deux pas, s'est arrêté, a posé la main sur ma table de nuit et n'a plus bougé. J'ai ouvert le tiroir du haut dont – visiblement – il ne comprenait pas le mécanisme non plus. Sans jeter un regard, il a glissé sa main à l'intérieur et en a ressorti le petit objet trouvé dans la cave, l'espèce de caillou métallique. Il l'a serré dans sa main. Je lui ai expliqué où je l'avais trouvé. Je parlais pour masquer mon trouble : c'était incompréhensible qu'il ait deviné sa présence à l'intérieur d'un meuble fermé. Je lui ai dit qu'il pouvait le garder, que c'était à lui. Il l'a serré un long moment dans son poing, a cliqueté quelque chose et l'a remis dans le tiroir.

Norbert, qui n'avait rien vu de la scène, m'a appelé. Sur

Internet, il avait chargé plusieurs vidéos où des locuteurs de langues à clic s'exprimaient. Il a lancé la première, où un Anglais discutait avec des bushmen dans la jungle. L'étranger a à peine regardé l'écran. Les bribes de dialecte l'indifféraient. Sur la vidéo suivante, un guerrier d'une tribu du centre de la Namibie racontait – un bâton à la main – une longue histoire dans une savane rouge et sèche. Aucune réaction de la part de l'étranger. La troisième vidéo était un enregistrement sonore d'un conteur d'Afrique du Sud. Au bout de quelques secondes, l'étranger s'est détourné de la tablette et il a marché dans le salon. Nous étions totalement déconcertés. À croire qu'il ne voulait pas essayer de communiquer. Pour Norbert, c'était clair : il se foutait de nous. L'homme est passé dans la cuisine, puis dans le couloir et il est revenu au salon. Il nous a regardés et il a cliqueté plus fort et plus longuement qu'à son habitude.

Sans grand espoir d'être compris, je lui ai demandé de répéter, et il a refait la même série de cliquètements. Cinquante-six exactement. Je lui ai encore redemandé, il a refait. Cinquante-six tout juste. C'était la première preuve que l'homme possédait une sorte de langage structuré et qu'il ne se contentait pas de faire claquer sa langue au hasard.

Pendant une heure, on a tout essayé : lui mettre un stylo dans la main et lui montrer qu'il était possible d'écrire avec, faire défiler la carte des pays sur Internet. On a même tenté de lui faire comprendre nos prénoms. Dans les films, quand deux personnes de cultures totalement différentes se rencontrent, si elles ne parlent pas la même langue, elles sont au moins capables d'échanger leurs prénoms en se mettant une main sur la poitrine. Le coup du *moi Tarzan, toi Jane,* ça ne prenait pas avec lui. Il nous regardait nous présenter sans jamais esquisser un seul geste en retour. À plusieurs reprises, il a refait la série de cinquante-six claquements. Point.

Nous l'avons laissé dans la salle de bains, je lui ai donné une serviette propre, de nouveaux vêtements prélevés dans mes affaires et celles de Norbert, et j'ai fermé la porte. Norbert était énervé, d'après lui personne ne peut ignorer à ce point les règles élémentaires de la communication. Nous avons réfléchi à une méthode pour nous faire comprendre de lui. De plus en plus souvent, nous parlions aussi de mettre fin à tout ça. Nous ne pouvions pas le garder indéfiniment caché. Dans cinq jours, nous partirions ailleurs, ensuite l'immeuble serait mis à nu pendant six ou sept semaines, des ouvriers enlèveraient les portes, les cloisons et les fenêtres, puis il sera dynamité à la fin de l'été.

Nous en étions là quand nous nous sommes inquiétés de ne plus entendre aucun bruit; je me suis avancé jusqu'à la porte, j'ai tendu l'oreille: rien. J'ai frappé. Aucune réponse, pas un mouvement dans la salle de bains. J'ai appelé Norbert, je ne voulais pas entrer seul et risquer de me retrouver face à l'homme tout nu ou évanoui au sol. Mon frère m'a traité de mauviette, il a frappé, a patienté une poignée de secondes et il est entré. L'homme se tenait immobile devant le miroir. Et il était habillé. Il n'a pas tourné la tête vers nous quand nous sommes entrés; nous avons suivi la direction de son regard. Il fixait le lavabo rempli d'eau. Norbert a passé sa main devant le visage de l'étranger qui n'a pas frémi, comme hypnotisé. Alors j'ai regardé vers l'eau, il y avait des bulles à la surface, plusieurs bulles de tailles et de formes différentes. Une grosse au centre et plusieurs plus petites. Et ce qui était étrange, c'est que les bulles de savon bougeaient. En fait, elles tournaient. Norbert a secoué l'épaule de l'homme et je lui ai montré ce que je contemplais. Une série de huit bulles virevoltaient autour d'une grosse bulle. L'homme a plongé une main dans l'eau. Les bulles ont éclaté, il a agité la surface et de nouvelles bulles se sont formées, minuscules, toujours animées d'un mouvement circulaire. Cela formait plusieurs grappes de bulles qui tournoyaient à des vitesses différentes. La main de l'homme a tout balayé et des bulles minuscules cette fois-ci sont nées à la surface, elles ont tourné un instant. L'homme a claqué sa langue, il a plongé les deux mains dans l'eau, la grosse bulle centrale a réapparu, huit autres bulles se sont formées, ont tournoyé très vite et se sont arrêtées d'un coup. Trois dessinaient une ligne. Puis l'homme a retiré ses mains, le lavabo a émis un gros *ploc* et il s'est vidé en glougloutant.

*Comment il arrive à faire ça ?* a demandé mon frère. Et je n'ai pas su quoi répondre. Nous l'avons laissé tranquille. Dans le salon, j'ai repensé à ce que j'avais vu.

*Des planètes,* a dit Norbert. Je n'ai pu que faire oui de la tête. *L'alien nous a montré d'où il vient,* a-t-il ajouté. J'ai ri et je n'ai rien su répondre. Je n'étais pas sûr de ce que j'avais vu. Du savon qui mousse dans un lavabo. Un homme étrange et profondément muré en lui-même qui jouait à faire des tourbillons. C'était peut-être notre imagination. Si seulement il pouvait parler ou nous faire un dessin, nous aurions des certitudes. Lentement, le fugitif nous a rejoints, il s'était changé et ses cheveux très courts étaient encore humides. La porte du balcon étant grande ouverte, j'ai tiré le rideau pour éviter qu'il ne soit visible de l'extérieur, nous n'habitons qu'au troisième étage, je ne voudrais pas qu'un espion découvre notre secret. Norbert lui a montré l'évier en lui demandant de faire d'autres messages avec les bulles. L'étranger a claqué sa langue et il est allé s'asseoir sur le canapé.

*Désespérant,* a murmuré mon frère. Et c'est vrai que je n'en pouvais plus de ne pas savoir quoi faire ni quoi penser. E.T. au moins avait une tête d'extraterrestre, un doigt lumineux, il savait faire voler les vélos, il n'y avait aucun doute à son sujet. Sérieusement, quelle civilisation avancée communiquerait en faisant des bulles de savon dans un lavabo ? Dans les films, les séries télé et les romans, lorsque l'humanité entre en contact avec une civilisation venue de l'espace, peu à peu un langage commun s'élabore. Les humains et les extraterrestres parviennent à se comprendre, à échanger des idées de plus en plus complexes. En cours de physique-chimie, un prof nous a montré des photos de plaques qui ont été fixées sur les sondes Pioneer et qui sont censées pouvoir être déchiffrées par n'importe qui dans le cosmos. Je les retrouve sur Internet : le schéma du Système solaire, un homme et une femme nus, l'homme levant la main droite en signe d'amitié, le dessin stylisé de la sonde, un dessin de molécule et une carte permettant de savoir où se situe notre soleil dans la galaxie. Je ne sais pas si une intelligence lointaine parviendrait à décrypter ces messages, je sais juste que l'étranger ne comprend rien de rien à ce qu'on lui dit. Il y a un mot que j'ai découvert dans un texte, c'est l'*altérité* : ce qui est autre. Je me demande si l'étranger est l'altérité absolue, l'autre qui est tellement différent de nous qu'il est impossible de le connaître, l'autre pas même foutu de dire *E.T. téléphone maison*.

Est-ce qu'un auteur de science-fiction a déjà envisagé une

histoire où un humain et un extraterrestre n'arriveraient absolument pas à se comprendre ? Sans doute que oui, je n'en sais rien, il existe tellement de livres. Je suis impuissant et sans ressources.

Et j'ai peur. Cet étranger n'est pas un simple fou, il est traqué, poursuivi par des gens rusés qui savent qu'il n'a pas bougé du quartier.

J'ai peur, oui.

Je l'avoue.

Très.

Peur.

Le fugitif a passé la journée assis sur le canapé. Le midi, il a mangé avec nous, des produits laitiers, du pain, des gâteaux. Toujours pas de viande, on a essayé de lui donner un cordon bleu. On a fini par le laisser seul, j'ai voulu parler avec Norbert mais il n'était pas d'humeur. Il s'est enfermé dans sa chambre et je suis allé dans le salon pour ne pas laisser l'homme seul. Au bout d'un long moment, j'ai regardé des vidéos sur mon téléphone. Encore une autre différence avec un film ou un roman : dans une fiction, il y aurait de l'action chaque jour, des rebondissements, des aventures et des péripéties. Tandis que dans la vraie vie cacher un homme poursuivi c'est plutôt long, discret et parfois ennuyeux.

Tom m'envoyait des photos de lui prises sur une plage andalouse. Il riait, il s'amusait, il était bronzé et heureux.

J'ai coupé mon téléphone et j'ai attendu que les secondes veuillent bien se mettre en rangées de soixante pour fabriquer des minutes. Et que les minutes, à leur tour, forment des blocs compacts d'heures.

Le jeudi, Norbert est retourné passer la journée sur le chantier. Quand je suis descendu porter du pain de la veille à l'étranger, il a posé la main sur mon épaule et il a repris sa longue série de claquements de langue. J'ai fait oui de la tête et j'allais remonter quand il m'a retenu, il est allé se placer contre la porte, m'empêchant de l'ouvrir, et il a cliqueté. J'avais mal dormi, j'avais fait des rêves idiots dans lesquels papa et maman s'engueulaient une fois de trop. Norbert ne m'avait pas adressé la parole depuis hier, sauf pour me dire que l'étranger ne pouvait pas retourner dans la cabane de chantier pendant plusieurs jours. Mo était remplacé par un homme qu'il ne connaissait pas et dont les ouvriers se méfiaient. J'étais de mauvaise humeur, je dois l'avouer. Je voulais remonter dans ma chambre. L'étranger a mis ses deux mains sur mes épaules. C'était rare, il faisait de son mieux pour échapper à tout contact physique. Je l'ai regardé. Il portait un short de mon frère et un vieux tee-shirt à moi, celui avec le zombie d'Iron Maiden. Il a cliqueté. J'ai compté.

Cinquante-cinq claquements de langue.

Alors qu'hier il avait plusieurs fois fait cinquante-six clics.

J'ai compris.

Il a dû voir que j'avais compris parce qu'il s'est écarté et m'a laissé sortir.

Il sait compter.

L'étranger décompte les jours.

Il ne peut pas bouger parce qu'il attend, il doit rester dans le quartier. Je suis remonté à l'appartement en courant dans les escaliers, j'avais le cœur qui cognait à toute vitesse. Le calendrier des pompiers que mes parents achètent chaque année était déjà dans un carton, je n'ai trouvé d'agenda nulle part, j'ai soudain pensé à mon téléphone. Cinquante-cinq jours. La veille exactement du jour où l'immeuble serait détruit. Et lundi, dans quatre jours exactement, le premier jour des vacances de maman, on déménagera.

Je me suis assis et relevé aussitôt. Je ne sais pas si l'homme attend quelqu'un ou s'il va se produire quelque chose dans cinquante-cinq jours. Je ne sais pas ce qu'il va faire quand nous serons partis. Nous allons à l'autre bout de la cité, un logement dans un autre immeuble, situé au deuxième étage cette fois. Maman est contente, l'appartement est entièrement refait à neuf, et elle marchera moins pour prendre le tram les matins où elle travaille. Je pourrai toujours revenir par ici, je ne serai pas loin, à quinze minutes de marche ou à deux arrêts de bus. Mais comment va-t-il se cacher jusque-là ? Dans une semaine, les derniers locataires auront quitté l'immeuble et le chantier de préparation au dynamitage commencera. Plus personne ne pourra entrer ni sortir.

J'ai envoyé un SMS à mon frère pour le prévenir que j'avais fait une découverte sur l'étranger.

Le cœur toujours battant, j'ai attendu la réponse une, puis deux minutes, et mon téléphone a vibré. J'ai regardé. Tom me disait qu'hier soir il y avait une fête sur la plage avec de la musique géniale. De rage, j'ai supprimé le message. Je n'aurais pas dû, Tom n'y est pour rien s'il s'amuse et s'il passe des vacances formidables dans une région formidable avec ses parents formidables.

J'ai respiré, me forçant à être calme.

Que ferait Tom s'il devait cacher un homme traqué ?

La réponse était tellement simple qu'elle m'a mise en colère : il demanderait de l'aide à ses parents.

Norbert ne m'a pas répondu.

J'ai passé la journée seul avec ma découverte, en aidant papa à vider entièrement les placards et à descendre les poubelles à mesure que nous les remplissions.

Ce matin, on descend, Norbert et moi, voir l'étranger. On est vendredi. Hier soir, mon frère a fini par m'écouter. Il a eu l'air préoccupé quand il a compris que j'étais sérieux. Ce matin, c'est un test. On va savoir si j'ai bien compris ou si tout cela n'est rien d'autre qu'un hasard, une plaisanterie qui ne fait rire personne.

On donne du pain à l'homme. Maman vide les placards et il n'y a plus rien à voler. Après, avec Norbert, on a décidé d'aller à la supérette acheter un peu de nourriture : lait et gâteaux. J'ai pris un caleçon et un tee-shirt aussi. Dès qu'il nous voit, l'homme se lève. Je montre mon frère, je prends les mains de l'étranger et les pose sur mes épaules. J'espère de tout cœur qu'il va comprendre, s'il se tait, c'est la catastrophe, je resterai seul avec mes doutes et mon frère se moquera de moi. L'étranger nous regarde l'un après l'autre et il se met à cliqueter. Moins vite que les autres jours, il me semble.

Cinquante, cinquante et un, cinquante-deux, cinquante-trois, cinquante-quatre. Et fin.

Je souffle un grand coup.

*Merde,* fait Norbert, *tu as raison, il compte les jours. Il attend quelque chose.*

Bon, comme ça nous savons. Dans trois jours nous partons, mais nous avons un homme à cacher encore pendant un bon mois et demi.

# 3

Sans nous concerter, nous avons repris nos places de la semaine dernière autour de la grande table du centre socioculturel. L'écrivain nous salue les uns après les autres. Nous sommes à nouveau neuf, avec un changement. Le vieil homme de mon immeuble, Yassir, est absent, et une nouvelle personne, une femme prénommée Luce, se présente pour demander si elle peut venir bien qu'elle ait loupé la première séance. L'écrivain répète que n'importe qui est bienvenu quand et comment ça lui chante. Yassir a prévenu de son absence, il a déménagé dans la semaine, il est parti vivre dans un foyer, il ne reviendra plus.

L'information propage une vague de tristesse dans toute la salle. C'est palpable. On a beau ne pas se connaître, j'ai beau avoir raté les lectures du premier atelier, quelque chose nous relie. Sans la destruction de la tour, Yassir vivrait encore chez lui. Peut-être sera-t-il heureux en foyer ? Je n'en sais rien, je n'ai qu'à peine connu mes grands-parents, je ne sais pas ce qui rend heureuses les vieilles personnes. Luce rompt le silence en disant qu'elle est la doyenne du groupe. L'écrivain lui sourit. Elle n'a jamais participé à un atelier d'écriture. Il répond qu'il n'y a pas d'âge pour commencer.

Pour débuter la séance, l'écrivain sort un livre de son sac, il nous demande si nous connaissons Georges Perec, et comme personne ne répond il enchaîne très vite pour expliquer qu'il s'agit d'un écrivain français mort assez jeune, en 1982. Entre autres ouvrages, il a publié celui-ci : *La Vie mode d'emploi,* qui raconte la vie des habitants d'un immeuble situé au 11 de la rue Simon-Crubellier, à Paris. L'écrivain sourit, cette rue, bien sûr, n'existe pas, pas plus que les personnages du roman. C'est un gros roman de plus de 600 pages, que l'auteur a mis une dizaine d'années à écrire. On peut le lire du début à la fin, mais aussi par morceaux, en suivant tel ou tel habitant. La structure du roman est compliquée, mais sa lecture facile. Pour nous le prouver, l'écrivain nous lit un petit passage, le chapitre 28 très exactement, où l'auteur parle de la vie et de la mort des immeubles. J'ai noté plusieurs phrases : *Qui, en face d'un immeuble parisien, n'a jamais pensé qu'il était indestructible ?* Une autre parlait de fièvre qui fait surgir les immeubles là où autrefois il y avait des champs, aussi vite qu'elle s'acharne désormais à les détruire.

Ensuite, une fois sa lecture achevée, l'écrivain nous invite à écrire, sur des souvenirs liés au quartier. Avant de nous laisser travailler, il précise que le roman de Perec commence par une belle citation d'un autre roman, de Jules Verne celui-là : *Regarde de tous tes yeux, regarde,* et forcément je pense à l'étranger caché dans la cave, et à tous les yeux qui le cherchent, veulent le débusquer.

Je cherche une idée pour écrire. En face de moi, la femme qui avait monopolisé la parole et l'attention la semaine dernière se tait. Elle semble calme et attentive. Je l'observe et je me dis que je ne sais rien non plus de cette femme. Elle m'avait agacé il y a sept jours, peut-être avait-elle reçu une mauvaise nouvelle juste avant de venir. En tout cas, aujourd'hui, j'ai l'impression qu'elle est totalement différente. J'avais noté son prénom dans le coin d'une feuille : Juliana.

À mes côtés, Julie et Elliot s'embrassent, un petit bisou rapide du coin de la bouche. Je détourne le regard. Ces deux-là m'agacent aussi, avec leur façon d'être toujours plaqués l'un contre l'autre. Ils me donnent l'impression que le monde pourrait s'écrouler autour d'eux sans qu'ils s'en rendent compte.

Je ferme un instant les yeux, je ne sais pas ce que je vais écrire, ou plutôt si : je sais ce que j'ai envie d'écrire mais je ne me l'autorise pas. J'ai besoin de mettre des mots sur un secret, pas comme on met un pansement sur une plaie, plutôt comme on cherche à résoudre une équation, en cours de maths, en recopiant l'énoncé du problème. J'hésite encore un instant et je me laisse aller. *Un homme court pour sauver sa vie*, j'écris. *C'est la nuit, cela se passe juste en bas, quand plus personne ne met le nez dehors, entre 3 heures et 5 heures du matin ; les rues et les boulevards sont désertés, pas un seul bus ne circule, les gens dorment.* Avec une facilité surprenante, les mots se collent aux mots pour faire des phrases, comme si je les avais retenus depuis trop longtemps. J'ai besoin de raconter l'histoire que je suis en train de vivre. Je continue. *Enfin, la plupart des gens. Parce que je ne dors pas, je suis assis dans mon lit, j'écoute.* Je vois que plusieurs personnes mettent des écouteurs, j'allume mon téléphone, je vais chercher une playlist bien nerveuse, j'ai besoin que la musique me pousse dans le dos, que les rythmes donnent des ailes à mes phrases.

Je lance le son. Korn, c'est parfait. J'avance au rythme supersonique de la guitare saturée.

Une main sur mon épaule, je sursaute et arrache mes écouteurs d'un coup. C'est l'écrivain qui est penché vers moi, il répète doucement ce qu'il avait dû dire un instant auparavant : il serait temps de mettre un point final à nos textes. Tout le monde a les yeux rivés sur moi. Avec la musique, je n'ai rien entendu. Je n'ai pas vu passer l'heure, je suis en train de raconter comment Norbert est tombé sur l'étranger caché dans la cave. Instinctivement, je pose mon bras sur les pages ouvertes de mon cahier. Je ne veux pas qu'Elliot, mon voisin de table, puisse lire ce que j'ai écrit. Je ne peux pas lire mon texte au groupe, je n'ai pas suivi les consignes, je me suis laissé emporter par les mots. J'ai écrit ce qui s'est passé le premier jour, j'en suis pile au moment où Norbert a été heurté par l'étranger en allant récupérer son vélo.

Plusieurs personnes se grattent la gorge, d'autres font craquer leurs doigts. *Alors,* demande l'écrivain, *qui se lance ?* Et comme il tourne les yeux vers moi, je bafouille une réponse inaudible, puis je respire, reprends en me forçant à parler lentement, en articulant, et j'explique que non, je ne suis pas prêt à lire, et je rougis en enfonçant ma tête dans mes épaules. Heureusement, Elliot me sauve en prenant aussitôt la parole.

## TEXTE D'ELLIOT

De là-haut, je ne sais pas ce qu'il est possible d'apercevoir. Rien peut-être, ou tout si on cherche, si on désire trouver. Disons qu'un astronaute vient de finir ce qu'il doit faire, analyser le rayonnement cosmique ou savoir comment une plante croît en apesanteur. Il est fatigué mais il ne s'endort pas. Il flotte mollement jusqu'au hublot et regarde la Terre, tout en bas. Il a beau être habitué – il est maintenant à bord de la Station spatiale internationale depuis des mois –, le spectacle lui coupe le souffle : une boule bleue dont il fait le tour complet en quatre-vingt-dix minutes, à la vitesse de 28 000 km/h, des océans, des continents, la masse tournoyante des nuages, un orage ici et la beauté des éclairs qu'il contemple d'au-dessus : là où ils naissent et non là où ils tombent. D'un pied ou d'une main, l'astronaute s'est stabilisé, il a appris très vite à vivre en Zéro-G, il fait plusieurs heures de sport chaque jour pour éviter que ses muscles ne s'atrophient, il sourit, il bâille en même temps. Peut-être que la fatigue le laissera dormir. Là où il se trouve, il n'y a ni jour ni nuit, c'est son rythme de travail qui définit artificiellement le cycle dédié au sommeil. Il vole. Il s'y est habitué sans pour autant avoir cessé de s'en étonner. Il est scientifique de formation, il a été surentraîné à cette mission, il a intégré l'honneur et le devoir, le prestige et la responsabilité, il connaît parfaitement les mécanismes physiques qui arrachent son corps à la gravité, il ne peut s'empêcher d'y voir de la magie. Une fois, il a lu un poème où il était écrit que même un astrophysicien oubliait que la Terre était ronde quand il rentrait chez lui le soir.

Je ne sais pas si – à bord de l'ISS – les astronautes disposent de lunettes ou de caméras pour voir le sol. J'imagine que celui qui vole tout là-haut s'amuse à regarder en bas. Peut-être est-ce devenu un rituel avant de s'endormir. Il pointe un instrument vers la Terre si lointaine et si proche, il voit la mer, remonte, une côte, c'est la France, le ciel est dégagé, il reconnaît la découpe du pays à l'œil nu. Il zoome, suit l'estuaire de la Loire, entre dans les terres, s'arrête à l'ouest d'une ville, tombe par hasard sur notre cité, remarque un immeuble planté comme un clou au milieu du dessin des allées et des routes.

L'astronaute bâille de nouveau, abandonne son observation ou bien attend de survoler Paris pour débusquer la pointe de la tour Eiffel comme on cherchait Charlie dans les albums de notre enfance. Il se délasse, son œil aura tout de même été accroché par l'immeuble où j'ai grandi, et je me pose la question de savoir ce qu'il aura vu depuis sa hauteur vertigineuse. Aura-t-il simplement pensé aux gens qui vivent là ? Aux gens pour qui ce minuscule bâtiment est aussi vaste que le monde entier ? Aura-t-il compris que dans cet immeuble microscopique vivent plus de deux cents personnes ? A-t-il songé à ces vies empilées, plaquées au sol par la gravité ? Sait-il qu'en bas des gens sont heureux, des gens s'aiment, des gens souffrent, des gens se déchirent ?

Je suis certain que de son perchoir céleste l'astronaute voit l'infinie beauté de la Terre ; se contente-t-il d'apprécier le spectacle, comme une petite divinité repue, un ange ivre de son vol ? Ou cherche-t-il à savoir ? J'aimerais que, pris d'un remords, ses yeux reviennent se fixer sur mon immeuble, qu'ils percent le béton, qu'ils contemplent étonnés une femme seule qui va et vient dans un appartement devenu trop grand, qu'ils voient un adolescent allongé sur son lit dans sa chambre, les mains sous sa tête, j'aimerais que l'astronaute devine à cette seconde que cet appartement a abrité un grand bonheur jusqu'au jour où le mari de cette femme, le père de cet adolescent, a décidé de les détacher de sa propre vie. J'aimerais qu'il sache que cette femme n'a pas dormi sereinement pendant plus d'une année et que cet adolescent s'en veut d'avoir haï sa mère en la rendant coupable de ne pas avoir su retenir son père.

Peut-être qu'en volant dans l'espace il serait plus facile de parler et d'ouvrir son cœur ? Peut-être que les mots aussi subissent la gravité et que seule l'apesanteur les rendrait légers en les libérant de la honte comme de la rancœur.

L'astronaute bâille une dernière fois, la femme finit de remplir des cartons puisqu'elle doit quitter l'immeuble avec son fils. L'adolescent se lève, sort de sa chambre, va vers sa mère et lui sourit puisqu'il ne sait toujours pas vraiment lui parler. Et la scène disparaît hors de vue, la Station spatiale internationale glisse trop rapidement sur la courbe de son orbite. Dans une heure trente, peut-être, lorsqu'elle repassera au-dessus de l'immeuble, un adolescent aura trouvé le courage de dire à sa mère qu'il l'aime. Personne n'en saura rien puisque l'astronaute, à ce moment-là, dormira sanglé sur sa couchette.

Lorsque Elliot se tait, le silence s'installe durant presque une minute. En parlant très bas, l'écrivain le remercie d'avoir livré un texte aussi intime. Son regard se tourne vers Julie, qui prend son souffle comme avant de se jeter dans une piscine et prévient qu'elle a écrit une sorte de poème. Il a un titre, elle ajoute, il se nomme « Promenade ».

## TEXTE DE JULIE

Un qui marche, à petits pas prudents, faudrait éviter de se retrouver par terre à son âge.

Une qui tire son chariot au retour des courses, qui se demande si elle n'a pas oublié de prendre des yaourts.

Des qui frappent une balle et qui rient et qui s'insultent pour de faux parce qu'ils seront ennemis jusqu'à la fin de la partie.

Un qui se presse pour aller au travail, le bus passe dans une minute.

Une qui a levé la tête à temps pour capturer d'un regard la beauté du soleil.

Une qui rate son bus mais ce n'est pas grave, le prochain passe dans six minutes.

Un qui se balance sur une moto de bois vissée sur un ressort rouge, il fait du 200 km/h au moins, il arrête, c'est l'heure du goûter.

Un qui passe devant les noms stylés écrits à la bombe sur le mur.

Un qui s'énerve d'un graffiti vulgaire et banal.

Un qui tend la main et espère qu'une pièce y éclora, germe de générosité offert par un passant.

Une qui est à sa fenêtre pour vérifier que rien ne change sur le parking.

Un qui avance vite, la musique prisonnière dans ses oreilles, et qui marche en se retenant de danser.

Un qui gueule *tais-toi !* au chien laissé seul sur le balcon voisin pour la journée.

Une qui rit toute seule en lisant le message sur son téléphone et qui rougit aussitôt de peur d'avoir été espionnée.

Une qui chante dans sa cuisine d'où s'échappent des odeurs de friture.

Un qui pleure.

Un qui serre les poings.

Une qui met du rouge à lèvres à son reflet dans la porte vitrée d'un hall.

Une qui jaillit dehors en criant c'est fini, tu m'entends, c'est fini, et pour rien au monde elle n'acceptera de continuer à supporter ça.

Une qui soulève le rideau et note mentalement que le facteur a trois minutes de retard ce matin.

Un qui te regarde comme qui voudrait se battre.

Des qui garent la voiture en travers, font vibrer les vitres avec le son si fort de leur musique, redémarrent en faisant fumer les pneus.

Un qui se penche, empoche la pièce perdue, décidément c'est une très belle journée.

Une qui tremble un peu en ouvrant la boîte aux lettres, cueille délicatement la lettre du laboratoire d'analyses médicales et attendra d'être chez elle, assise, seule, avant d'oser lire les résultats de ses examens.

Un qui descend les marches sur son skate, concentré et sérieux.

Une qui s'écorche le genou et va se soigner en respirant le cou de sa mère.

Une qui chasse son enfant comme on écarte un insecte.

Un qui court.

Un qui flâne.

Un qui sort, se frappe le front, et s'en retourne réparer son oubli.

Un qui siffle pendant que son chien cherche le meilleur poteau pour se soulager.

Un qui crache.

Une qui veut qu'on arrête de lui casser les pieds.

Un qui siffle.

Un qui s'éloigne.

Des qui vivent.

Lorsqu'elle termine sa lecture, Julie explique tout de suite que ce texte n'est pas terrible, qu'il faut qu'elle le retravaille, qu'elle a manqué de temps. L'écrivain la rassure, elle pourra le reprendre si elle le souhaite, mais il est beau ce texte. Il demande si elle note ce qui se passe autour d'elle parfois. Julie répond qu'elle se souvient.

À nouveau l'écrivain lève les yeux vers moi, je refais non de la tête. Il me sourit, et les lectures reprennent. L'un après l'autre, les participants racontent des souvenirs, des anecdotes, des bribes de leur vie. Une femme prénommée Carole a retracé l'histoire du quartier. Elle s'est rendue à la bibliothèque municipale ainsi qu'aux archives départementales. Elle reconstitue fragment par fragment ce qui s'est passé ici depuis la construction à la fin des années cinquante en parcourant les archives de la presse locale. Son texte s'achève sur ce constat : à la différence de ceux du centre-ville, les quartiers des pauvres ne valent même pas qu'un livre leur soit consacré.

J'avoue que, peu à peu, mon attention se détache des textes, je pense à ce que j'ai écrit, cela me force à revenir sur tout ce qui s'est déroulé depuis dix jours. Juliana, la femme qui m'énervait lors du premier atelier, raconte ses difficultés à élever seule sa fille depuis que son mari a fichu le camp. L'écrivain va sans doute encore devoir lui dire que son texte est intéressant mais hors sujet. Je la regarde, elle porte de grandes boucles d'oreilles en plastique vert, un débardeur léger qui laisse voir les bretelles de son soutien-gorge. Elle a de nombreux bracelets de plastique à ses poignets. Ses cheveux ébouriffés sont retenus sur sa tête par une grosse pince rose. Je suis incapable de lui donner un âge, comme souvent avec les adultes. Spontanément, j'aurais dit qu'elle est pourtant bien plus jeune que maman alors qu'en réfléchissant bien je n'en suis plus certain. Elle fait tout pour paraître plus jeune qu'elle n'est. Brusquement, je me demande si son exubérance qui m'agace tant n'est pas un masque pour cacher une profonde souffrance.

Nous vivons nos vies en suivant des routes qui se croisent si peu souvent. Je m'occupe d'un parfait inconnu depuis plus d'une semaine, je le nourris, je lui donne des vêtements, je le cache, je décompte les jours avec lui. Ce matin, sa langue a claqué cinquante-trois fois. Ce que je fais pour lui, j'aurais pu le faire pour bien d'autres. Du coin de l'œil, je regarde Julie. Je sais que ses parents accueillent des migrants. Tout l'immeuble le sait, et papa a hurlé lorsqu'il l'a appris. Il a dit qu'il ne faudra pas s'étonner si on se fait cambrioler. Il a ruminé plusieurs jours sa colère, répétant qu'il allait envoyer une lettre à la mairie pour se plaindre et, un soir, maman lui a sèchement répondu que, s'il avait à ce point envie d'écrire des lettres, il ferait mieux d'en envoyer pour trouver du travail. J'ai cru que les yeux de papa allaient rouler sur la table tellement il est devenu rouge, il a gueulé un peu et puis ça a été fini, il n'a plus jamais reparlé de dénoncer les parents de Julie.

D'un coup, tout le monde se lève, j'ai encore dû louper quelque chose ; l'écrivain nous donne rendez-vous la semaine prochaine, c'est fini pour aujourd'hui, et je repars avec la satisfaction d'avoir écrit le début d'une histoire dont j'ignore totalement l'issue.

C'est en quittant la salle que j'entends le nombre *cinquante-trois,* Elliot parle avec Julie, elle lui dit un truc sur son texte et j'entends juste ce nombre dans sa réponse, ainsi que le mot *météorite.* Je suis parcouru par une décharge électrique. Je m'approche d'eux, trop près, ils se retournent, je n'ai plus le choix, je m'excuse, bafouille un peu, respire, me calme. Je n'ai d'autre solution que de demander à Elliot ce que c'est que cette histoire de météorite. Il ne paraît pas étonné, il se lance, me raconte que chaque été au mois d'août la Terre croise la route des Perséides, un essaim de météorites constitué de débris d'une comète disparue. Notre planète traverse la queue de cette comète et on observe des pluies d'étoiles filantes dans le ciel, surtout aux alentours du 12 ou 13 août, mais on peut les voir de fin juillet à fin août. La nuit des étoiles qui est organisée par des observatoires ou des associations d'astronomes amateurs coïncide avec la date où le maximum de fragments viennent se détruire dans notre atmosphère.

Pendant qu'il me parle, Julie m'observe en silence ; j'ai le malheur de croiser son regard et je me détourne vite. C'est comme si ses yeux m'avaient mordu. Pourtant, elle n'est pas agressive ou agacée, elle se contente de me dévisager sans dire un mot.

Je remercie Elliot pour ses explications, et je m'apprête à m'éloigner quand il ajoute que cette année le grand spectacle sera repoussé à la fin du mois. Un amas exceptionnel a été détecté, et il croisera la route de la Terre à la toute fin des Perséides, dans cinquante-trois jours exactement.

Je sursaute. Je revois Norbert me parler de météorites au-dessus de la Russie. Elliot semble satisfait d'avoir un interlocuteur, il continue de m'expliquer que plusieurs télescopes ont repéré des masses anormales en fin de queue de l'essaim – sans doute la comète a-t-elle embarqué d'autres météores en chemin, ceux-ci sont plus volumineux et certainement métalliques. D'ordinaire, les Perséides ont la taille de cailloux, voire de grains de poussière, alors que le plus gros de ces météores découverts il y a quelques mois a une bonne centaine de mètres de longueur. *Assez pour faire un joli feu d'artifice,* il ajoute, *mais pas assez pour franchir notre atmosphère et toucher le sol.*

Dans ma tête, ça mouline à toute vitesse. Il a l'air incollable sur le sujet ; je lui demande si cela arrive souvent qu'une météorite touche le sol. *Pas souvent,* dit-il, *pas depuis le mois dernier au-dessus de la Russie en tout cas.*

Nous y voilà. J'ai peur d'avoir l'air totalement débile, j'ai presque la bouche ouverte, je sens les yeux de Julie qui forent un trou dans mon crâne, je demande à Elliot s'il fait de l'astronomie, il me dit qu'il a une lunette, qu'il va s'y remettre, pour l'instant sa lunette est dans un carton, il déménage lundi prochain, il part en centre-ville avec sa mère.

*Et plus tard, il sera spationaute,* ajoute Julie sans que je puisse savoir si elle se moque de lui ou si elle énonce simplement la vocation d'Elliot.

Je le remercie à nouveau. Je ne veux pas attirer l'attention, il faut que j'aille voir sur Internet ce que je peux trouver sur ces pluies d'étoiles filantes et que j'en parle avec Norbert.

*Tu pars quand ?* demande Julie.

Je réponds que ma famille aussi déménage lundi. Et, pour ne pas paraître rustre, je lui demande quand est-ce qu'elle part. *Le mois dernier,* dit-elle en riant. Sa famille a quitté la tour fin juin, ils ont anticipé leur départ pour saisir une opportunité de logement. Eux aussi sont partis vivre en centre-ville.

Confus, je réponds que pour ma part je fais juste un petit saut de puce, mes parents ne voulaient pas quitter la cité, ils ont obtenu un appartement dans un immeuble de huit étages situé à cinq cents mètres. Je resterai au collège l'an prochain. Soudain, Julie me demande des nouvelles de Norbert. Elle s'empresse d'ajouter qu'elle ne le connaît pas, qu'elle était juste présente à la cantine le jour où il avait tiré une grenade de son sac, qu'elle avait appris toute l'histoire ensuite : comment il avait trouvé cette arme dans une maison abandonnée, comment il l'avait prise avec lui au collège et surtout pourquoi il l'avait sortie de son sac après qu'une bande d'abrutis l'avait harcelé. Elle voudrait savoir s'il va bien.

Je balbutie que oui, sans doute. C'est du passé, cette histoire. *L'an prochain, il commencera un CAP pour devenir maçon,* j'ajoute. Et Julie sourit. Je crois bien que la plupart des gens que je connais n'auraient pas pu s'empêcher de sortir une vanne. Même Tom ne se retient pas pour casser mon frère devant moi.

Il n'y a aucune ironie dans le sourire de Julie, juste de la chaleur et de la bienveillance.

Je détourne les yeux parce que je vais me mettre à rougir, sinon. Elliot me dit que Julie lui avait raconté toute l'histoire, il était encore au collège lui aussi à l'époque, mais il ne mangeait pas à la cantine ce midi-là.

Mon téléphone vibre, je regarde le message, c'est Norbert justement qui me demande où je suis. Je dois prendre le relais aux côtés de l'étranger. *Il faut que je file,* je dis, et je veux glisser mon téléphone dans la poche de mon jean, mais il bute contre le stylo que j'avais pris pour l'atelier, sa mine a transpercé le tissu, je me débats, je dois avoir l'air ridicule, je retourne la poche, tout au fond se tient le caillou de métal trouvé dans la cave, je décoince le stylo, relève les yeux et vois Julie fixer ma main. C'est elle qui a la bouche ouverte à présent.

Sans m'en demander la permission elle attrape l'objet,
referme son poing,
fronce ses sourcils,
pâlit,
ferme les yeux,
les rouvre aussitôt.

Inquiet, Elliot s'est approché d'elle immédiatement. Julie me fixe, elle ouvre sa main, remet le petit galet métallique dans la mienne, et se détourne sans un mot.

Lorsque nous nous quittons, je réalise que mon cœur tape si fort qu'il va finir par briser ma cage thoracique.

# 2

Les jours ont filé avec une étonnante facilité. Et pourtant, depuis la discussion avec Elliot et Julie, beaucoup de choses sont arrivées. C'était un samedi, le dimanche a été occupé à finir de remplir les cartons. Lundi matin, mon oncle – le frère de mon père – est venu avec une camionnette. Il est livreur, il avait obtenu la permission de l'emprunter à son patron. On a fait trois allers-retours pour transporter nos meubles de l'immeuble au nouvel appartement. On aurait presque pu déménager à pied. Papa a soufflé comme un bœuf dans les escaliers, il était d'une humeur massacrante. Avec Norbert, on a fait profil bas. On savait bien que sa mauvaise humeur attendait la première occasion pour se déchaîner. L'étranger avait rejoint l'Algeco du chantier pour la journée. Mo veillait sur lui. Le dimanche matin, il avait cliqueté cinquante-deux fois, cinquante et une le lundi. À plusieurs reprises, j'avais prononcé le nom Perséides. En vain. S'il vient vraiment d'une autre planète, il n'y a aucune raison qu'il se serve de la mythologie grecque pour nommer les comètes et les planètes.

Au pied de l'immeuble, c'était la cohue, trois familles déménageaient ce lundi. Au deuxième tour, mon oncle n'a pas pu garer la camionnette devant l'entrée, un gros camion stationnait au milieu de l'allée. Des gens avaient abandonné sur le trottoir des meubles qui commençaient à former un amoncellement instable. On y voyait une vieille machine à laver, des étagères cassées, un matelas, un tancarville tordu, des coussins sales et deux ou trois chaises sans paille. Mon père est sorti en jurant que le conducteur allait l'entendre, et – comme toujours – il s'est écrasé. À l'arrière du camion, la mère d'Elliot surveillait avec inquiétude le travail de deux hommes qui portaient un lourd canapé rouge vif.

Ce jour-là, deux choses étonnantes se sont produites. Tout d'abord, j'ai vu Elliot et Julie sortir de l'immeuble, ils m'ont salué, l'un comme l'autre portaient des cartons. Ils ont tout posé au sol, Elliot m'a serré la main, Julie m'a fait une bise par surprise. J'ai à peine eu le temps d'espérer ne pas rougir qu'elle m'a dit qu'il fallait que l'on parle de l'objet que je gardais dans la poche de mon jean.

Et puis Norbert est arrivé. Julie l'a salué, Elliot aussi. Norbert les a regardés en silence, il a instantanément pris l'air renfrogné que je lui connais si bien. Je me demandais ce qui se passait. Tout bas, il a dit merci à Julie. Elle a secoué la tête et s'est mise à rire. Très vite, elle m'a donné un Post-it avec son téléphone. Elliot s'est approché. L'un comme l'autre ont parlé en même temps, pour me dire de les appeler. Je voulais poser une question, mais mon père a déboulé en gueulant que les meubles n'allaient pas se porter tout seuls jusqu'à la camionnette, j'ai dû le suivre. *Promets-moi que tu vas m'appeler,* a dit Julie. J'ai promis.

C'est en montant les escaliers que Norbert m'a demandé comment je connaissais cette fille. Je lui ai fait remarquer qu'elle vivait dans le même immeuble que nous, qu'elle était au collège jusqu'à cette année, et j'ai ajouté que je lui avais parlé lors de l'atelier d'écriture. Norbert ne m'a pas laissé le temps de le questionner en retour. *La grenade,* il a dit, et je me suis arrêté dans les escaliers. Jamais il n'avait évoqué cette histoire avec moi. Lorsque j'ai merdé au collège, j'avais la grenade dans la main, je ne savais pas ce que je voulais faire, j'avais envie de calme, je voulais juste que ça s'arrête, que ceux qui riaient dans mon dos se taisent, que ceux qui m'appelaient «bouboule» m'oublient, que ceux qui me poussaient dans les couloirs ou collaient des chewing-gums dans mes cheveux disparaissent. Je voulais la paix. J'avais la grenade dans ma main et je ne savais pas quoi en faire. Je ne pensais à rien, je voulais déjeuner en paix, je voulais disparaître, je crois bien. Ce n'était pas ceux qui me harcelaient que je visais, c'était moi. Si j'avais dégoupillé la grenade, plus personne n'aurait jamais ri de moi.

J'étais comme figé, des élèves criaient, hurlaient de peur, j'étais coincé le bras en l'air et une fille s'est approchée. Elle m'a regardé. Je me souviendrai toujours de ce qu'elle m'a dit: *ils n'en valent pas la peine.* Ça m'a rendu mes mouvements, j'ai posé la grenade, les pions m'ont attrapé, j'ai fini chez le principal.

Norbert a fait une pause, mais je savais ce qu'il allait me dire.

La fille qui m'a parlé à la cantine, c'est la fille qui était sur le parking avec toi, il a ajouté, et notre père est apparu dans notre dos en grognant de nous dépêcher si nous ne voulions pas recevoir son pied dans nos culs.

J'ai appelé Julie le lendemain, je n'ai pas pu avant, il avait fallu installer les meubles, monter les lits, déballer la vaisselle, brancher le frigo, la gazinière, la machine à laver le linge. Il avait aussi fallu remonter les armoires et subir les accès de mauvaise humeur de papa lorsqu'une vis avait disparu ou que le contreplaqué de mauvaise qualité s'effritait. L'étranger était resté au chantier pour la nuit, Norbert et Mo avaient tout organisé : il avait de la nourriture, de l'eau potable. Il était convenu que nous le récupérions mardi dans la journée, mais dès lundi soir notre nouvelle cave était bourrée d'affaires et de cartons jusqu'au plafond. Papa avait décidé que l'on monterait les choses peu à peu à l'appartement. On aurait le temps plus tard. Avec Norbert, nous avions voulu nous opposer à sa décision, nous avions fait semblant de prendre le problème à la légère, nous avions expliqué que nous étions chauds et que nous pouvions transporter tous les cartons. Comme toujours dès que nous ne nous rangeons pas à son avis, papa avait tout de suite crié, et maman avait pris sa défense. Nous aurions le temps plus tard d'ouvrir le reste des cartons.

Le soir, ma nouvelle chambre ressemblait à un champ de bataille. Je m'étais adossé quelques secondes à la porte fermée. C'est étrange de se retrouver dans un rectangle et de se dire que c'est là que l'on va vivre maintenant. Le lit serait à droite et non plus à gauche. Mon bureau serait face au mur et plus à la fenêtre. L'armoire était installée au pied du lit. Partout des affaires en tas et non encore rangées. Des sacs de bouquins, mes vieux cahiers, un carnet où je dessine un peu pour passer le temps. Le cahier où j'ai commencé d'écrire mon histoire lors de l'atelier samedi dernier. Tout était au sol et je regardais la pièce pour tenter de m'y sentir chez moi. Elle était plus carrée que la chambre que j'avais toujours connue. Les murs étaient recouverts d'une sorte de tapisserie crème. Norbert a décrété d'un œil connaisseur qu'il s'agissait de fibre de verre. L'ampoule nue pendait du plafond. Et surtout l'odeur était différente, un mélange de peinture et de détergent qui me piquait la gorge. L'appartement avait été entièrement rénové. J'ai ouvert grand la fenêtre, je ne perdais qu'un étage mais tout était différent: en bas, il y avait la route et en face un autre immeuble comme le mien. Le parking était à l'opposé, sous le balcon du salon. J'avais l'impression que cet appartement serait moins lumineux que le précédent. Des voitures sont passées, puis une moto, j'ai refermé la fenêtre malgré la chaleur et les odeurs chimiques. Je voulais du calme.

Voilà, je me suis dit. C'est chez moi. J'avais passé treize ans dans ma précédente chambre. Combien de temps vivrais-je ici? J'ai mis mes écouteurs et j'ai lancé une playlist à plein volume. La guitare grasse et saturée de *From Beyond* m'est tombée dans les oreilles comme si elle chutait du centième étage d'une tour enflammée, exactement ce qu'il me fallait pour respirer à nouveau. Un jour, cette chambre me sera tellement familière que je ne la remarquerai plus. Je ne sais pas si j'aimais l'ancien appartement. C'était mon cadre de vie, je ne l'avais pas plus choisi que je n'ai choisi de déménager à cinq cents mètres de là. Je crois tout simplement que, quitte à partir, j'aurais aimé aller loin, ailleurs. Découvrir un nouveau quartier, de nouveaux itinéraires, et pas simplement me contenter d'un changement aussi banal. Je n'ai jamais voyagé à l'étranger, je n'ai jamais pris l'avion, je ne suis jamais monté sur un bateau, je ne suis jamais allé à Paris; j'ai treize ans, je suis jeune, j'ai le temps, je le sais. Le GPS de mon téléphone a à peine réalisé que je venais de déménager. J'aimerais faire un tour du monde, j'aimerais visiter des villes lointaines, j'aimerais pouvoir dire à mon père qu'un étranger est entré dans ma vie depuis une douzaine de jours, j'aimerais pouvoir soulever tout ce qui m'encombre, le tenir bien au-dessus de ma tête et le jeter au loin.

Le soir où j'ai changé d'appartement, je me suis adossé à la porte de ma chambre, je me suis assis sur mes talons et j'ai laissé la nuit venir à la fenêtre. J'ai pris mon cahier, un stylo et j'ai écrit ce qui me passait par la tête.

À quoi il pense, l'étranger, enfermé du matin au soir dans une cave ou une cabane de chantier ? À sa famille ? A-t-il quelqu'un qui l'aime quelque part ? Des parents ? des enfants ? une compagne ou un compagnon ? Est-ce eux qui vont venir le chercher dans une cinquantaine de jours ? Des amis ? Des gens de son clan ? Voit-il un visage aimé lorsqu'il ferme ses grands yeux noirs sans pupilles apparentes ?

Pense-t-il à une terre où il a vécu, où il aurait des racines ? À une maison ? la sienne ? celle de sa mère ? Une ville ? Une campagne ? Un sol ? Des champs et un ciel vaste, des nuages et des vents différents de ceux qui passent au-dessus de moi ? A-t-il des nostalgies d'odeurs fleuries ou épicées maintenant qu'il ne respire plus que la poussière des caves, l'humidité des parpaings nus ou la puanteur de chaussettes et de sueurs de l'Algeco ? Rêve-t-il de rentrer chez lui ou rêve-t-il d'un ailleurs qu'il souhaite atteindre, un ailleurs pour lequel il a pris de nombreux risques ?

Je ne sais pas me mettre à sa place, je ne sais pas imaginer les images ou les sonorités qui entrent dans son front si blanc, dans son crâne fin, sous ses cheveux coupés en brosse. Peut-être ne pense-t-il qu'à se cacher, qu'à la peur, qu'à la chasse dont il est la proie et le trophée ? C'est trop difficile de se glisser dans la peau de quelqu'un. Surtout lorsque – comme moi – on n'a jamais rien vu du si vaste monde.

Le lendemain matin, après que nous sommes allé au chantier avec Norbert pour nous assurer que l'étranger allait bien, et l'écouter cliqueter cinquante fois, j'ai appelé Julie. *Jeff ?* elle a dit en décrochant et je n'ai pas répondu tout de suite. Je ne lui avais pas donné mon numéro. Je ne savais pas trop pourquoi je l'appelais, à vrai dire. Elle m'a demandé si j'étais disponible ; j'avais à peine acquiescé qu'elle me donnait rendez-vous au pied de notre ancien immeuble. Le temps de prévenir Elliot et de sauter dans un tram, elle y serait dans une grosse demi-heure.

Après coup, le reste de la journée m'est apparu comme une hallucination. Rien n'avait l'air réel. Je suis parti en direction de mon déjà ancien chez-moi, j'ai attendu en regardant le ciel bleu monochrome, en observant si, sur le parking, des hommes espionnaient les allées et venues des locataires, et dès que Julie et Elliot sont arrivés, plus rien n'a eu de sens. Julie m'a tout de suite parlé de l'objet que j'avais dans ma poche, elle m'a dit qu'elle n'avait jamais senti quelque chose comme ça. Elle n'a pas employé le verbe voir ou toucher, mais bien sentir. Elle voulait savoir où je l'avais trouvé. Une toute petite seconde, j'ai cherché un mensonge, puis je l'ai regardée dans les yeux et j'ai tout raconté. Tout. Julie est plus petite que moi, elle est mince sans être maigre, elle laisse libres ses longs cheveux bruns ; je l'observais à mesure que je parlais, son visage ne bougeait pas, ne trahissait aucune surprise. J'ai tout dit, y compris la météorite russe et le décompte des jours qui correspond pile au jour où les amas inconnus des Perséides seront dans notre atmosphère. Je m'attendais à tout moment à ce qu'elle éclate de rire, ou qu'Elliot me dise d'arrêter de les charrier. Pourtant, l'un comme l'autre m'ont écouté avec attention. Quand j'ai eu fini, Julie m'a demandé la permission de voir l'étranger. J'ai alors expliqué où il était, et l'encombrement de ma nouvelle cave. Le père de Julie était connu pour aider les migrants, il pourrait peut-être faire quelque chose ?

Julie réfléchissait à toute vitesse. Avant de prévenir son père, il fallait qu'elle voie cet homme. Son père ne cachait pas les gens. Il les accueillait, il les aidait à trouver une place dans un foyer et à faire leurs démarches de demande d'asile. Si cet homme était vraiment un… étranger (Julie avait hésité à employer un autre mot), il n'avait rien à faire avec les autres migrants. Et si ce que je disais était vrai, sa vie serait en danger s'il quittait sa cachette.

J'ai respiré un grand coup. J'ai appelé Norbert. Nous sommes allés voir le fugitif dans le cabanon sur le chantier.

Et rien ne s'est passé comme j'aurais pu le penser.

Au chantier, les grilles étaient ouvertes, nous avons laissé Norbert prendre des nouvelles, il est revenu très vite en disant que des hommes avaient inspecté les travaux dans la matinée, juste après ma venue. Mo avait juste eu le temps d'ouvrir le cabanon et de faire sortir l'étranger. Celui-ci avait donné l'impression de comprendre. Il s'était enfui et personne ne savait où il se trouvait. Par contre, avait ajouté Norbert, beaucoup d'ouvriers avaient eu l'impression que les hommes qui s'étaient présentés avec des papiers de l'inspection du travail ce matin n'étaient pas ce qu'ils prétendaient être. Certains d'entre eux n'ouvraient pas la bouche, les deux qui avaient parlé avaient un accent slave très marqué. Des rumeurs circulaient et affirmaient que les hommes étaient des policiers. Une grande partie des ouvriers savaient qu'un homme était caché dans l'Algeco. Pour eux, cela ne faisait aucun doute : il était la vraie raison de la visite du chantier. D'ailleurs, avait précisé Norbert, par manque de temps ce matin, plusieurs garde-corps n'avaient pas été fixés sur un échafaudage et les hommes n'avaient rien dit. D'habitude, les inspecteurs du travail cherchaient ce genre de détails et dressaient des procès-verbaux pour tous les manquements aux règles de sécurité.

J'étais perdu, je ne savais plus quoi faire. J'ai regardé autour de nous, une voiture a démarré à cet instant, une berline avec des vitres fumées. Nous étions trop visibles, trop exposés. J'ai fait signe aux autres de me suivre, nous avons marché jusqu'au petit parc qui se trouve à l'angle de mon ancienne tour. Nous nous sommes assis tous les quatre sur un banc. Deux garçons jouaient à se suspendre la tête en bas dans la vieille structure rouillée à escalader. *Tu as l'objet ?* a demandé Julie. Je le lui ai donné. Avec précaution, elle l'a mis au creux de sa main gauche, elle a fermé les yeux. Pendant un long moment, il ne s'est rien passé. Norbert n'a posé aucune question, il était muré, comme souvent. La bouche de Julie a fini par se crisper, elle a même poussé un tout petit cri, très bas. Elliot l'a entourée de ses bras. Je la regardais et je voyais passer mille visages sur le sien. C'était incroyable et flippant. Elliot ne semblait nullement surpris. Julie s'est mise à trembler, ses jambes frémissaient si fort que je sentais les vibrations du banc. Elle a ouvert les yeux, les a refermés, les a ouverts à nouveau. Une milliseconde, j'ai vu le visage de l'étranger à la place du sien, mais j'ai dû me tromper, ces choses ne sont pas possibles. D'un coup, elle s'est levée. *Je sais où il est,* elle a dit. Puis elle a été obligée de se rasseoir, elle était essoufflée. Elle avait oublié de respirer tout le temps où elle avait tenu l'objet dans sa main. Norbert la regardait en coin. Sentant notre gêne, Elliot a rompu le silence, il nous a dit qu'il ne fallait pas que l'on s'inquiète, c'était comme ça, il fallait se laisser aller. Julie avait une sorte de don. Elle retrouvait les choses perdues, elle devinait des trucs qui ne s'étaient pas encore passés, c'était naturel chez elle. *Comme dans un numéro de magie?* a demandé Norbert. *Oui,* a répondu Elliot, *comme dans un numéro de magie, mais sans numéro et sans magie.*

Enfin, Julie s'est relevée. Elle avait repris son souffle. *On y va?* a-t-elle demandé en riant.

Soit on résiste aux événements, soit on se laisse porter, j'ai choisi l'option numéro deux. J'ai suivi Julie. J'ai jeté un œil à Norbert mais je n'ai pas pu croiser son regard. Nous avons pris la direction de l'immeuble, nous sommes entrés dans l'ascenseur, nous avons regardé Julie appuyer sur le bouton dix-huit et nous sommes montés. J'ai furtivement repensé au vieil homme rencontré lors du premier atelier, Yassir, il habitait à cet étage, le dernier, tout en haut. Sur le palier, Julie a hésité un moment, elle s'est approchée d'une sorte de lucarne en plastique dépoli donnant sur la terrasse. Un panneau expliquait qu'il s'agissait d'une évacuation d'incendie. Dessous était écrit: *Accès interdit à toute personne non autorisée.*

*C'est là,* elle a dit, *il faut que l'on parvienne à monter.* Sur le mur, deux crochets avaient dû autrefois servir à fixer une échelle. L'ouverture était à deux mètres cinquante de hauteur. Elliot a proposé que l'on fasse la courte échelle à Julie. Sans dire un mot, Norbert s'est placé sous le puits de lumière, Elliot a pris Julie dans ses bras et l'a aidée à se hisser sur les épaules de mon frère ; elle a soulevé un loquet et le vasistas s'est ouvert d'un coup. Une lumière vive est tombée du ciel. Julie s'est accrochée au rebord, Elliot et Norbert ont attrapé chacun l'un de ses pieds pour la pousser, et elle a disparu dans l'ouverture. Aussitôt, Julie nous a fait passer une échelle qui se trouvait au sol, sur la terrasse. Elliot l'a récupérée. Elle se terminait par deux attaches qui se fixaient à une barre située juste à la lisière de l'ouverture. Toujours sans un mot, Elliot est monté, suivi par Norbert, et je les ai rejoints. Là-haut, le soleil semblait plus vif qu'en bas. Un léger vent faisait flotter nos cheveux. Julie a demandé à Elliot de remonter l'échelle et de refermer le vasistas. Il ne fallait prendre aucun risque. Elle nous a conseillé de ne pas nous approcher des bords : quelqu'un pourrait nous remarquer et donner l'alerte. Julie agissait et parlait avec un calme impressionnant, comme si elle avait l'habitude de ce genre de situations.

La terrasse de l'immeuble était bien plus vaste que je ne l'aurais imaginé : le sol était jonché de cailloux qui recouvraient une sorte de revêtement goudronné. En plissant les yeux, j'ai fait un tour à 360 degrés : une parabole, un paratonnerre, deux petits locaux, des câbles qui couraient au sol et une vue aérienne sur la ville qui coupait le souffle. La tour du centre-ville, les quais avec leur grosse grue jaune, le fleuve, les immeubles au nord, les immeubles au sud, l'aéroport, la campagne au loin, et l'immensité bleue du ciel. Treize années passées au troisième étage ne m'avaient pas préparé à un tel spectacle. Mon regard a enfin croisé celui de mon frère. *C'est beau,* il a dit, *on a la vue d'un grutier.*

Nous n'étions pas montés pour faire du tourisme ; j'ai enfin posé la question qui me brûlait les lèvres. Pourquoi on est là ? Sans me répondre, Julie s'est approchée du premier local, la porte n'était pas verrouillée, à l'intérieur se trouvait la machinerie de l'ascenseur : un moteur, un axe, des fils d'acier enroulés. La porte du second local s'est ouverte sans problème et, à l'intérieur, l'étranger était allongé sur un petit matelas. Lentement et sans surprise, il s'est levé, s'est avancé, nous nous sommes écartés pour le laisser sortir et il nous a regardés un à un. Comme toujours, son visage n'exprimait aucune émotion. Impossible de savoir s'il me reconnaissait, s'il avait peur, s'il était heureux de nous revoir, s'il se demandait comment nous l'avions retrouvé. Deux yeux noirs, une bouche comme une ligne, des cils immobiles, un front sans un pli, une peau encore plus blanche que d'habitude sous le grand soleil du matin. Un masque africain taillé dans un bois immaculé.

Alors
tout doucement
Julie a avancé une main,
très
lentement,
et elle a pris sa main à lui dans sa main à elle,
et j'ai vu passer quelque chose sur le visage de l'homme,
quasi un étonnement,
une stupéfaction,
et Julie a fermé les yeux,

et ils sont restés comme ça, main dans la main, parfaitement immobiles, un temps infini.

J'en ai profité pour regarder dans le local : il avait certainement récupéré le matelas parmi les objets jetés par les gens lors de leur déménagement. Il avait plusieurs paquets de gâteaux, deux bouteilles d'eau, quelques vêtements en vrac. Comment avait-il fait pour monter tout ça sans aide ?

Puis Julie a lâché sa main.

*C'est extraordinaire,* elle a dit.

Et elle a dû s'asseoir. Elle était devenue presque aussi pâle que l'étranger. Il s'est accroupi en face d'elle, Elliot l'a enveloppée de ses bras, une mouette a frôlé mes cheveux, le son du moteur d'une moto est monté jusqu'à nous, un avion au loin est descendu vers la piste d'atterrissage. Le souvenir de cet instant est gravé en moi.

Julie a plongé ses yeux droit dans le regard sans fond de l'étranger. *On va l'aider,* elle a murmuré, *et personne ne doit savoir qu'il est là.* Puis il s'est passé une autre chose extraordinaire. Elle a demandé combien de temps à l'étranger, et il a cliqueté cinquante fois de la langue. Cinquante jours, à la fin de l'été. Jamais il n'avait répondu à une question.

Les journées suivantes se sont déroulées comme en accéléré : il restait une vingtaine de jours avant que l'immeuble soit totalement vide. Nous avons fait des allers-retours discrets pour apporter plusieurs dizaines de litres d'eau à l'étranger et des provisions pour un mois. C'est Julie qui a tout payé avec son argent de poche ou ses économies.

Toujours, nous prenions soin de ne pas être vus. Il faut dire que dans le grand bazar des chantiers et des déménagements constants personne n'aurait remarqué des adolescents transportant des cartons. En quelques jours, en piochant dans ce qui traînait sur le parking, nous avons aménagé le local technique : l'étranger possédait maintenant un lit, une chaise pas trop bancale, une étagère pour entreposer la nourriture. Norbert est monté avec des outils pour décoincer une petite fenêtre donnant sur le local : le passage d'air rend la chaleur supportable lorsque le soleil tape à plein. Nous avons aussi installé des bassines sur le toit pour récupérer l'eau lorsqu'il pleut.

Cela fait maintenant une semaine qu'il est installé sur la terrasse.

Dans douze jours, les derniers locataires seront partis et l'immeuble sera bouclé. Les travaux commenceront, ils dureront un grand mois.

Dans quarante-trois jours, l'amas inexpliqué situé en queue des Perséides cramera comme un feu d'artifice dans le ciel.

Dans quarante-quatre jours, le lendemain exactement, des artificiers feront sauter l'immeuble.

Cela veut dire que l'étranger doit rester là-haut jusqu'au tout dernier moment. Seul Norbert, avec un peu de chance, parviendra à entrer dans le chantier pour prendre de ses nouvelles. Cela veut aussi dire que je ne sais toujours pas pourquoi on fait ça. Une soucoupe volante va venir se poser sur le sommet de l'immeuble pour l'embarquer ? Je n'y crois pas une seconde. Alors, dans l'hypothèse où il parviendrait à passer inaperçu un mois entier sur le toit, que se passera-t-il lorsque les charges explosives feront s'effondrer l'immeuble comme un château de cartes ?

L'été va être interminable.

J'ai longuement parlé avec Julie et Elliot, l'un comme l'autre ont l'air normaux, ils donnent l'impression d'avoir la tête sur les épaules, mais Elliot a fini par me raconter qu'il est persuadé d'avoir vu un ovni une fois, alors qu'il observait les étoiles depuis un coin isolé au sud de la Loire, en plein dans le vignoble. Et Julie, je ne sais pas quoi penser d'elle. Je reste bluffé par la manière dont elle a retrouvé l'étranger en touchant un objet qui lui appartenait. Le fameux jour où elle nous a conduits sur la terrasse, je lui ai demandé si l'étranger était vraiment un extraterrestre. Elle ne m'a pas franchement répondu, elle m'a juste dit que cet homme était terriblement seul. Elle a parlé d'altérité, elle a expliqué qu'il était parfois très facile d'aller vers une personne et de la comprendre, mais qu'elle n'avait jamais ressenti une telle barrière. Quand elle l'a touché, il était là et – en même temps – c'était comme s'il se trouvait à l'autre bout de l'univers. C'est l'expression qu'elle a employée : l'autre bout de l'univers. Il était certain pour elle qu'aucune association de soutien aux réfugiés ne pourrait faire quoi que ce soit pour ce cas particulier. Et l'histoire du contrôle de chantier de ce matin prouvait que j'avais vu juste : cet homme était traqué. Il ne fallait pas trop compter sur la police pour protéger un migrant sans papiers parlant une langue incompréhensible. Si on prévenait une association, on le mettrait en danger. Nul doute que les hommes qui le traquaient devaient avoir des relais dans les centres d'accueil.

Je me suis dit que c'était impossible, toute cette histoire n'avait aucun sens. Puis, le lendemain, l'étranger claquait quarante-neuf fois sa langue pendant que l'on installait des réserves d'eau potable avec Norbert. Et le surlendemain, Julie et lui passaient une heure à se tenir la main alors que l'on montait l'étagère comme on pouvait par la trappe d'évacuation d'incendie.

Et ainsi de suite.

Un soir, Norbert a glissé sa tablette dans un sac, nous sommes montés retrouver l'homme. La nuit tombait et offrait un peu de fraîcheur après les brûlures de la journée. Nous avons sorti le matelas contre le mur du local, nous avons installé l'homme entre nous deux, nous nous sommes adossés et Norbert a lancé un film pendant que le ciel noircissait.

*E.T.* La dernière fois que je l'avais vu, j'étais enfant. L'étranger s'est très vite désintéressé des images bougeant sur l'écran, il ne s'est pas relevé pour autant, il a détourné la tête et s'est perdu dans la contemplation du ciel. Une à une les étoiles s'allumaient tandis que des enfants cachaient un alien dans le placard de leur chambre. Mon regard passait du film au visage de l'homme et de son visage au crépuscule. La nuit devenait très noire, sans lune, et on avait beau être en ville, on voyait apparaître des milliers d'étoiles.

J'ai eu du mal à ne pas me laisser contaminer par l'émotion quand E.T. a quitté les enfants. Plus petit, j'ai toujours pleuré à ce moment, et j'ai tout fait pour que personne ne voie mes larmes. *Un garçon, ça ne chiale pas,* dit mon père. L'extraterrestre est monté dans son vaisseau et le film s'est achevé. Nous avons réinstallé le matelas dans le local et nous sommes rentrés chez nous sans dire un mot. Nous avons passé une belle soirée, tout simplement. Je ne pourrai sans doute plus jamais revoir ce film.

Nous avons appris aussi une nouvelle chose sur l'homme :

les moustiques qui nous ont dévorés sur la terrasse ne le piquent pas.

Le lendemain, nos parents se sont installés devant la télé, et – pour une fois – nous les avons imités. Le programme annonçait qu'un reportage avait été tourné sur notre quartier. Nous l'avons regardé ensemble, et j'ai ressenti une énorme colère, qui a brouillé peu à peu ma vue. Au début, on voyait des plans aériens de la cité : la tour, les petits immeubles, le parc, le centre commercial. Ensuite, deux journalistes expliquaient qu'ils avaient dû tourner en caméra cachée pour ne pas se faire agresser ni dépouiller de leur matériel. C'est là que la colère a commencé à m'envahir, d'un coup. Tout au long du reportage qui durait moins de dix minutes, les journalistes exagéraient, déformaient. Ils transformaient le quartier en zone de non-droit. Ils filmaient exprès les façades les plus dégradées, zoomaient sur un abribus dont la vitre était cassée. Le reportage donnait l'impression que tout ici était laid, dangereux, pourri. Jusqu'à l'air qui paraissait irrespirable.

Papa et maman suivaient l'émission sans réagir, plusieurs fois j'ai croisé le regard de Norbert, lui aussi était furieux. La mauvaise foi des journalistes me mettait en colère. J'ai compris ce soir-là que j'étais un habitant de la cité. En attaquant le quartier, on m'attaquait. Habiter, c'est faire partie d'un ensemble. Très vite je me suis levé, Norbert m'a suivi, on n'a pas eu besoin de parler, on avait reçu la même gifle au même moment. Les journalistes, qui voulaient faire du sensationnel, nous avaient insultés. Je ne sais pas ce que nos parents ont pensé du reportage, s'ils ont partagé notre honte. Le reportage était un miroir déformant, nos reflets paraissaient hideux. Partout, dans tout le pays, des gens devaient être en train de penser qu'il fallait vraiment être un crétin pour vivre dans cette cité.

Norbert a claqué la porte de sa chambre, et, par solidarité, j'ai aussi claqué la mienne.

Ensuite, les jours sont devenus des semaines, et un mois a passé. Ça m'a fichu une sacrée boule dans l'estomac lorsqu'on a élevé des grilles tout autour de l'immeuble maintenant désert.

Puis Norbert a appris que c'était la société de Mo qui surveillerait aussi ce chantier. Nous pourrions faire passer de la nourriture à l'étranger sans trop de soucis. L'histoire d'un migrant recherché par la police de l'air et des frontières a circulé en secret. Les ouvriers ont « oublié » d'ouvrir la porte du local technique sur le toit. Mo a expliqué à Norbert qu'il pouvait rester quasiment jusqu'au dernier moment, il n'aurait qu'à descendre quelques jours avant le minage de l'immeuble. À partir de ce moment-là, ce seraient d'autres sociétés qui prendraient le relais.

De temps en temps, je voyais Elliot et Julie. Ils tentaient de me convaincre que l'étranger savait ce qu'il faisait. Julie n'avait toujours pas trouvé de moyen de communiquer avec lui, mais il était calme, extraordinairement paisible. Elliot a passé l'été à s'intéresser aux Perséides. La nuit du 12 août, sa mère nous a tous conduits à la campagne, au sud de la Loire. Il n'y avait aucun nuage, nous avons passé la nuit à observer les étoiles brûler dans le ciel. C'était magnifique. Nous étions cinq : Julie, Elliot, la mère d'Elliot et – comme Norbert n'avait pas voulu nous accompagner – un collègue de travail à elle qui prenait bien soin de ne pas faire de gestes trop familiers, ce qui nous faisait tous marrer en secret. Pas besoin de pouvoirs comme ceux de Julie pour savoir que ces deux-là étaient amoureux, il suffisait d'observer leurs sourires en coin et la façon dont leurs regards brillaient.

J'ai regardé dans une lunette astronomique pour la première fois de ma vie. Elliot m'a montré où se trouvaient Mars et Jupiter. Pour les météorites, le champ de vision de la lunette était trop réduit, il valait mieux les observer à l'œil nu : elles filaient dans le ciel et nous poussions des cris de joie. À un moment, la mère d'Elliot a dit qu'il fallait qu'on fasse un vœu. Juste après, une météorite a dessiné une traînée de feu dans le ciel. J'ai vu Elliot et Julie se faire un rapide bisou sur la bouche. Pendant ce temps, j'ai aperçu la mère d'Elliot glisser une main furtive dans la main de son collègue. Je me suis demandé à qui je pouvais bien adresser un vœu. Et puis j'ai pensé au fugitif et je lui ai souhaité de pouvoir rentrer chez lui, où que soit ce chez-lui. Une autre étoile a filé, et j'ai fait un vœu pour que Norbert trouve sa voie en CAP l'an prochain. Deux traînées scintillantes d'un coup, comme les cierges magiques que l'on pique sur les gâteaux d'anniversaire. J'ai pensé à papa et maman, je leur ai souhaité d'être heureux, eux aussi. Ensuite, j'ai cessé de faire des vœux parce que le ciel était en fête et que ça n'arrêtait pas de flamboyer sous des millions de millions d'étoiles.

En plus de tout le matériel astronomique, nous avions deux thermos : une de café, l'autre de chocolat chaud. J'ai siroté des tasses pour me réchauffer pendant que le feu d'artifice cosmique s'en donnait à cœur joie.

Lorsque la mère d'Elliot m'a redéposé devant mon nouvel

immeuble, il était 3 heures du matin, j'avais un peu froid à cause de l'humidité de la nuit, et les roulements des astres emplissaient ma tête. Je l'ai remerciée mille fois pour la balade, je suis rentré sans faire de bruit. Je me suis allongé dans mon lit dans le noir. Le nouvel appartement m'était déjà devenu familier. Je pouvais m'y déplacer dans l'obscurité sans me cogner contre un meuble. J'ai fermé les yeux en me disant que je ne parviendrais pas à m'endormir, et je me suis endormi.

Et le temps a passé. Presque chaque jour, j'avais des nouvelles de Tom. Après l'Espagne, ses parents l'avaient déposé en vacances chez ses grands-parents à Bordeaux. Plusieurs fois j'ai voulu lui raconter mon histoire, mais je n'y arrivais pas. Tom m'envoyait des selfies de lui avec des tee-shirts mortels que sa grand-mère lui achetait dans des boutiques rock, il me racontait les cadeaux qu'il recevait, et moi je n'avais rien à lui répondre. J'ai peu à peu abandonné les réseaux sociaux. Voir les photos de vacances des autres n'aide pas vraiment à avoir le moral. Et il faut dire que, parfois, Internet propage de telles idioties que j'ai préféré m'en éloigner. Un matin, par exemple, j'ai vu qu'un débile de ma classe partageait une photo d'une équipe de hockey sur glace canadienne, une vieille photo en noir et blanc, prise en 1910. Sur l'image, les joueurs avaient des pulls ornés de croix gammées. Et cet abruti écrivait que le nazisme était partout. Suivaient une vingtaine de commentaires tous plus idiots les uns que les autres, genre je ne savais pas que les Canadiens avaient été nazis. J'ai hésité un moment, mais ç'a été plus fort que moi. En deux recherches sur mon téléphone, j'ai retrouvé l'origine de la photo : club Windsor Swastikas dans le nord-est du Canada. Et j'ai répondu que le nazisme est né dans les années trente, qu'avant d'être l'emblème des nazis le svastika était un symbole d'universalité hindou, et qu'il fallait réfléchir un peu avant de poster n'importe quoi.

Une fois mon commentaire envoyé, je me suis dit que cela n'allait pas m'aider à être populaire à la rentrée. Je reverrai tous ces gens au collège. Et puis tant pis. Ils n'ont qu'à réfléchir, c'est tout.

Contre toute attente, nous sommes partis une petite semaine en camping au bord de la mer. J'ai traîné des pieds pour préparer mon sac, j'ai été sans doute insupportable durant le trajet et l'installation des tentes, et j'ai capitulé le soir, au retour de la plage, du sable et des cristaux de sel plein les cheveux. J'avais noyé trois fois Norbert, il m'avait noyé un million de fois en retour, j'avais nagé, j'avais fait la planche, j'avais pris le soleil, je suis remonté jusqu'au camping, j'ai vu maman préparer le repas du soir et papa s'approcher d'elle, lui passer une main sur la hanche, l'embrasser dans le cou, et lui servir un verre de rosé. C'est à ce moment-là que j'ai cédé. Il a bien fallu que je m'avoue avoir passé une bonne journée. Je devais apprendre à ne pas culpabiliser d'être loin de l'étranger. Elliot et Julie continuaient de lui faire passer de la nourriture via Mo et d'autres gars du chantier. Il n'y avait pas de raison que je refuse de me détendre moi aussi.

Les six jours au camping ont été une trêve : se baigner, jouer avec Norbert, rencontrer d'autres personnes (dont une certaine Lou qui vit du côté de Dunkerque et qui était en vacances ici avec ses parents – mais cela est une autre histoire), voir papa et maman rire ensemble, passer de longues soirées à discuter en se gavant de sodas, de chips et de cacahuètes. Pas une seule fois Papa n'a été de mauvaise humeur, même quand on allait faire les courses et qu'on se retrouvait coincés dans un embouteillage à l'entrée de la ville. Papa a même joué au foot avec nous. Le soir, après avoir nagé toute la journée, quand je me couchais dans mon duvet, j'avais l'impression de flotter, c'était comme si la tente tanguait très doucement. Et je m'endormais d'un coup, épuisé par les jeux, heureux à l'idée de retrouver la plage le lendemain (et Lou aussi, mais je n'en dirai pas plus).

Et tous les samedis, à part lorsque j'étais au camping, j'ai continué à me rendre au centre socioculturel pour participer à l'atelier d'écriture. J'ai repris le fil de mon histoire. J'ai aussi écrit d'autres textes pour avoir des choses à lire au groupe. Il m'a fallu quatre semaines avant de me lancer, le cœur tapant, et de raconter en bafouillant quelques-uns des souvenirs liés à ma vie dans l'immeuble. Le texte qui parle de l'étranger, je l'ai continué peu à peu, mais je n'en ai rien dit à personne. C'est pour moi que je l'écris.

En haut de l'immeuble, un homme ou – tout du moins – un être patientait en attendant son rendez-vous avec les étoiles.

# 1

*Chantier sous vidéosurveillance* proclament des panneaux fixés tous les dix mètres le long des hautes grilles qui encerclent le squelette de la tour. Cachés derrière un camion benne, nous attendons que le gardien passe avec son chien muselé. Ce n'est malheureusement plus Mo ou d'autres amis de Norbert qui surveillent le chantier, ils étaient embauchés en sous-traitance, leurs contrats sont finis. Mon frère ne connaît aucun des hommes qui protègent maintenant l'immeuble. Jusqu'à la semaine dernière les caméras suffisaient. La mairie a fait appel à une société de surveillance suite à plusieurs effractions sur le chantier. Des tagueurs sont venus apposer leurs noms tout en haut de l'immeuble : de grandes lettres rouges et noires qui dessinent comme un adieu sur ce qu'il reste des balcons du dix-huitième.

Nous attendons, la nuit est claire, il n'y a pas un nuage, le halo orangé des lampadaires masque les étoiles. Ce soir, il faut absolument que nous allions chercher l'étranger. Il est encore là-haut, sur la terrasse. Si incroyable que cela puisse paraître, il est parvenu à passer inaperçu, il s'est caché aux yeux des gardiens, il a dû passer ses journées roulé en boule dans un renfoncement. Il ne sort que la nuit, quand le chantier est déserté.

À vrai dire, depuis le départ des ouvriers, nous ne savons plus s'il est vraiment là-haut, mais nous ne pouvons prendre le risque de l'y laisser. Nous n'avons aucun moyen d'entrer en contact avec lui, il faut que nous sachions s'il est parti ou s'il se cache encore sur la terrasse.

Depuis cet hiver, tout ce qui concerne l'immeuble est immédiatement relayé par la presse, il y a eu article sur article depuis l'annonce de sa démolition : les journalistes ont détaillé les actions du comité de défense des locataires, ils ont tenu la chronique presque quotidienne de l'avancée du chantier de rénovation. Nous pensons que, si un homme étrange parlant une langue inconnue avait été remarqué ces derniers jours, la presse l'aurait su.

Un bruit de pas de l'autre côté des grilles, nous nous tassons. Julie jette un œil prudent à travers les vitres sales du camion. C'est le vigile. Julie sourit et met ses doigts sur ses oreilles, nous relevons la tête : il porte des écouteurs, il fait sa ronde en écoutant de la musique. Devant lui trotte un grand chien. L'animal traîne sa laisse au sol derrière lui, il a une muselière de cuir et ses yeux semblent luire dans la nuit. Il est grand, noir, son poil est redressé le long de son échine. Un dangereux molosse prêt à l'attaque. Aucun de nous ne bouge. Le chien ralentit, flaire dans notre direction, tourne la gueule et se met à grogner. Nous sommes figés. Quatre personnes qui aimeraient étouffer les battements de leurs quatre cœurs, canaliser les odeurs de leurs quatre peaux, parvenir à retenir indéfiniment leurs quatre souffles. La muselière empêche le chien d'aboyer mais pas de grogner, nous entendons la vibration sourde de sa colère. Une seconde s'écoule lentement, puis deux, trois, et Julie ferme les yeux, *chuuuut* fait-elle tout bas, et le chien cesse aussitôt de grogner. Le vigile ordonne à son molosse d'avancer. Nous ne respirons pas, nous ne nous relevons pas, nous écoutons : à regret, le chien s'éloigne, les pas du gardien aussi. Et nous restons seuls, à nouveau, derrière le camion, au beau milieu de la nuit, prêts à entrer par effraction dans le chantier.

Nous n'avons pas le choix.

Demain matin, les artificiers viendront installer les explosifs dans les mille deux cent quarante points de minage pratiqués sur les murs porteurs du bâtiment. Le quartier sera bouclé à 7 heures et totalement évacué à 10 heures. Si on en croit le timing détaillé dans les journaux, c'est à midi qu'aura lieu la mise à feu, et – si tout se déroule comme prévu – l'immeuble où nous avons passé notre enfance mettra trois secondes à devenir un tas de gravats enveloppé d'un gigantesque panache de poussière.

Si l'étranger est encore là, il faut que nous allions le chercher, sinon nous aurons sa mort sur la conscience.

Nous comptons jusqu'à dix pour laisser le temps au vigile de tourner à l'angle ouest de la tour et nous nous relevons lentement. Personne. Nous courons jusqu'aux grilles. Des bâches de protection ont été placées sur les façades alentour, aucun risque qu'un insomniaque à sa fenêtre nous observe et prévienne la police. Au loin passe une voiture. La route au bas de l'immeuble est bouclée, nous ne craignons rien de ce côté-là non plus.

Nous courons en direction d'un panneau rouge et blanc, l'un de ceux où il est écrit *Chantier sous vidéosurveillance.* La semaine dernière, Norbert a effectué une dernière ronde grâce à des amis ouvriers. Il a fait des photos de l'emplacement des caméras. Les angles morts sont nombreux. Si personne n'a eu l'idée farfelue de déplacer les caméras depuis, il sera facile d'atteindre les escaliers sans être vus.

Elliot soulève Julie et lui fait la courte échelle. Il nous adresse un signe, nous pouvons venir. Je bondis sur la grille et saute par-dessus en deux temps trois mouvements. Les larges mailles du grillage permettent de s'agripper avec facilité. Le coup de la courte échelle, c'est juste un truc d'amoureux. Norbert s'élance lourdement, le grillage ploie, mon frère assure mal ses prises, il glisse. Peut-être aurions-nous dû le faire passer en premier pour le pousser s'il n'arrive pas à monter. Un instant, j'ai peur qu'il ne renonce. Dans l'obscurité je ne vois pas son visage. Il oscille, puis se reprend, il grimpe, glisse par-dessus le grillage et redescend de l'autre côté sans se jeter du haut comme nous.

Ça y est, nous y sommes, tous les quatre. La bouche ouverte d'une fenêtre est juste en face, nous nous y engouffrons à tour de rôle. La lumière du parking éclaire assez loin pour que nous puissions nous dispenser d'allumer les torches de nos portables. Il faut agir vite, nous n'avons aucune envie de nous retrouver nez à nez avec le vigile. Et encore moins avec son démon noir aux poils hérissés. L'intérieur de l'immeuble est terriblement vide et nu : toutes les portes, les fenêtres, les cloisons, tous les revêtements ont été démontés et emportés. Il ne reste plus que les murs porteurs, des piliers et, sur notre gauche, l'ouverture sombre du couloir qui mène aux escaliers. Ce qui était autrefois quatre appartements et un hall d'entrée n'est plus qu'un espace abstrait et poussiéreux, une vaste pièce dévastée où le béton mis à nu renvoie l'écho de nos pas. Je ne sais pas pour les autres, mais pour ma part voir cette dévastation me pince le cœur. L'obscurité masque une grande partie du chantier, des pans d'ombre tordent les perspectives. J'ai l'impression d'être dans un film et de voir ce qu'il reste d'un édifice qui aurait été pris pour cible par des tirs de roquette.

*Jeff!* C'est Julie encore qui m'appelle à voix basse, le gardien sera là dans huit secondes, elle ajoute. Sans réfléchir, je cours vers les escaliers. Les autres sont déjà montés, seule Julie est restée en arrière pour vérifier que nous n'allions pas traîner. Quand j'atteins le premier étage, j'entends que le vigile en bas engueule son chien qui grogne. Je sais que précisément huit secondes se sont écoulées puisque Julie l'a dit. Depuis le début de cette histoire, j'ai appris à ne plus me poser de questions quand elle raconte un truc invérifiable ou inexplicable. Si Julie dit qu'il va pleuvoir demain, je prends un blouson imperméable, même si la météo annonce que le soleil fera fondre le bitume. Elle me fait penser à une vieille blague que l'on racontait à l'école primaire : c'est une voyante qui est chez elle et qui dit à sa domestique «Allez ouvrir, on va frapper.» Nous ne bougeons plus, un faisceau de lumière se balade, je serre mon couteau replié dans la poche de mon pantalon, nous voyons danser une lampe au bas des escaliers, je relâche le manche. Ce couteau, de toute manière, je ne le sortirai jamais en présence de qui que ce soit, ce n'est pas une arme, c'est un porte-bonheur. Le plus silencieusement possible, nous nous glissons hors de vue. Le chien ne cesse de grogner et le vigile a dû ôter ses écouteurs parce qu'il lui parle, il lui demande ce qu'il a senti. Je suis certain que les battements de nos quatre cœurs s'entendent à des kilomètres, comme des tambours en haut d'une montagne. La lumière s'éloigne. Nous comptons mentalement jusqu'à vingt pour nous calmer et nous reprenons l'ascension. Il est peu probable que le gardien ait l'idée de monter tout en haut de l'immeuble. Cela fait longtemps que les ascenseurs ont été démontés. Dix-huit étages ; nous progressons lentement, régulièrement, pour ne pas nous essouffler ni faire trop de bruit. Passé le troisième palier, Elliot et Julie éclairent les marches avec leurs téléphones. Inutile de perdre du temps en tâtonnant, ni de risquer de trébucher contre un éventuel objet abandonné au sol.

Notre mission commando soigneusement préparée se transforme en laborieuse ascension. Si le fugitif est encore là, nul doute qu'il se trouve sur la terrasse. Les probabilités qu'il ne soit pas parti sont infimes. La dernière fois que Norbert a pu s'introduire dans le chantier, il n'était pas dans le local, mais ses affaires étaient restées sur place : son matelas, son duvet, les jerricans d'eau potable que nous lui avions fournis, de la nourriture en abondance. C'était il y a pile une semaine. Aucun de nous ne sait s'il a compris ce qui se passait, s'il a saisi que l'immeuble tout entier allait être dynamité. Tous nos efforts de communication ont ricoché contre le mur du langage.

Norbert marque un temps d'arrêt, il pointe un trou pratiqué dans le mur, un grand trou entouré d'un rond fait à la bombe de peinture bleue. Un emplacement qui servira demain à recevoir l'une des centaines de charges explosives.

Elliot en profite pour nous montrer une application sur son téléphone qui situe les constellations et les planètes. Le bouquet final des Perséides vient de commencer. Durant une bonne heure, des milliers de débris stellaires vont se consumer en entrant dans l'atmosphère terrestre. Nous respirons un grand coup et nous reprenons notre ascension. Plus que jamais cette histoire m'apparaît dingue. Je n'aurais pas dû me laisser convaincre. Julie et Elliot sont peut-être frappés ou totalement mythomanes. J'ai laissé l'étranger risquer sa vie pour une histoire de prémonition et de pluie de météorites. C'est de la folie, je pense, et Julie se retourne vers moi pour me dire qu'il faut que je lui fasse confiance. J'en ai la chair de poule, elle répond aux questions que je ne pose pas.

J'accélère, je dépasse Elliot qui ouvre la marche, je fonce, je ferai attention à mon souffle plus tard, je cours presque, je devine les marches plus que je ne les vois, j'ai peur. Est-il possible qu'un homme n'ait pas été aperçu au beau milieu d'un chantier de démolition ? Des dizaines d'ouvriers ont arraché et ôté tout ce qu'il y avait à enlever, ils ont déshabillé la tour jusqu'à ne laisser que son épiderme de béton. Au moment où je débouche sur le palier du dix-huitième étage, une lueur zèbre le ciel : je suis juste au-dessous du trou de l'ancienne trappe menant à la terrasse et une météorite vient d'éclairer le ciel d'une traînée rouge vif. Je me redresse et une nouvelle étoile filante traverse le ciel : traînée orangée et éclair argenté de sa brusque désintégration. Et, aussitôt, une autre explose très bas, presque à notre hauteur. Je n'ai jamais rien vu de tel de ma vie. Les étoiles se sont mises à crépiter au rythme d'un feu d'artifice. Avec Norbert, nous hissons Elliot, il s'allonge et me tend la main, ensuite nous nous y prenons à deux pour tirer Norbert, puis c'est le tour de Julie, tellement légère en comparaison. Essoufflé, je me redresse et regarde le ciel. Un peu partout, en Europe je le sais, des milliers d'astronomes amateurs et professionnels observent et filment le phénomène. Lors de la nuit des étoiles, Elliot m'a appris à regarder vers le nord-est, là où la majeure partie des débris entraient dans l'atmosphère. Mais je ne suis pas venu pour m'émerveiller, je regarde autour de moi, la nuit est très noire, à chaque passage d'une météorite la terrasse apparaît d'un coup : la lumière des explosions la colore en blanc, la scène se grave dans ma rétine puis disparaît en quelques millisecondes. Tout paraît irréel. Un éclair silencieux me montre les bords de la terrasse, les silhouettes de Julie, Elliot et Norbert, les deux locaux techniques.

Noir.

Une nouvelle déflagration de lumière découpe la silhouette de l'étranger.

Noir.

J'avance à tâtons, je n'ai même pas l'idée de m'éclairer avec mon téléphone.

Flash éblouissant : l'étranger est en face de nous.

L'obscurité retombe trop vite pour que je sache si j'ai rêvé ou non mais il m'a semblé le voir sourire. Peut-être a-t-il appris à le faire ?

Éclair étincelant : Julie a pris la main de l'étranger. Il regarde le ciel.

Noir.

La scène apparaît et disparaît comme si un stroboscope géant éclairait la ville.

Je vois Elliot fixer le ciel la bouche ouverte, le visage tétanisé par l'étonnement,

dans le noir, une main saisit la mienne, je sais que c'est celle de l'étranger. C'est la première fois qu'il a un geste envers moi,

dans l'éblouissement d'un nouvel éclatement, l'étranger

lâche la main de Julie comme la mienne et il lève les bras vers le ciel,

dans le noir, j'entends Elliot dire que ce n'est pas possible,

dans la lumière, je vois l'étranger s'éloigner vers le bord de la terrasse,

dans le noir, Julie dit qu'il lui a fait ses adieux et qu'il nous remercie, elle l'a senti à son contact,

dans la lumière, les yeux de Norbert brillent comme s'il pleurait,

dans le noir, j'entends des pas sur les graviers, Julie répète en boucle qu'il va partir,

dans la lumière, je vois l'étranger de dos debout sur le bord de la terrasse,

dans le noir, plus personne ne parle, j'entends simplement les battements de mon cœur,

dans la lumière, l'étranger a ouvert les bras en grand, il va sauter, c'est fou, il va sauter et on ne fait rien pour l'en empêcher et le sauver,

dans le noir, je m'élance en courant, Julie hurle mon prénom, Norbert hurle mon prénom,

dans la lumière, l'étranger se retourne : les crépitations des météores projettent des ombres sur son visage, il sourit, c'est certain qu'il sourit,

dans le noir, je pense que c'est de la folie, qu'il nous a tous contaminés, qu'il va se tuer et que nous n'allons rien faire pour le protéger,

dans la lumière, l'étranger est de nouveau de dos, je suis à moins de deux mètres de lui, je peux encore l'attraper et lui sauver la vie, dans le noir, une main attrape mon tee-shirt et me tire en arrière,

dans la lumière, je tombe au sol sur les graviers en entraînant Norbert qui m'a retenu, et le bord de la terrasse est vide,

puis Elliot pousse un cri,

puis une traînée de feu rase l'angle de l'immeuble,

et cette fois la déflagration nous couche tous au sol,

le bruit est assourdissant,

le souffle est brûlant,

la lumière est si vive que je ferme les yeux par réflexe,

et longtemps,

longtemps,

je reste au sol,

je n'entends plus rien,

sous mes paupières fermées mes yeux voient encore une flamme verte, scintillante, fulgurante,

mes genoux et mes coudes saignent,

une météorite a-t-elle vraiment percuté l'immeuble ?

mon cœur bat,

il a sauté,

le fugitif a sauté de l'immeuble,

il a sauté de la terrasse,

il a sauté de dix-huit étages,

il…

Je relève la tête, je ne vois rien d'autre qu'une phosphorescence verte, je n'entends rien, pas même les battements de mon propre cœur affolé. Je suis aveugle et sourd. La déflagration a emporté mes yeux et mes oreilles. Très lentement, mon ouïe revient. Le retour du son est annoncé par un bourdonnement aigu de plus en plus fort. J'ouvre et ferme les yeux, je ne vois toujours rien, tout est vert, le scintillement est comme gravé dans mes rétines. Une main prend mon bras, quelqu'un m'aide à me relever. Mes yeux doivent être brûlés, mes tympans crevés, je n'ai pas encore eu le temps d'avoir peur. *Jeff?* une question se faufile dans la vibration de mes oreilles. *Jean-François?* Je reconnais la voix de Norbert. Peu à peu, des masses se dessinent derrière les luminosités vertes, des lumières éclairent mon visage, et je suis de nouveau capable d'entendre; Julie est en face de moi. *Ça va?* elle demande. Je ne suis plus sourd, je ne suis plus aveugle. Je veux ouvrir la bouche, mais je n'arrive pas à parler. Le sifflement reflue encore, ma vue s'affine: Julie, Norbert et Elliot m'entourent, je veux faire un pas et une vive douleur me mord les jambes, mon frère m'éclaire avec son téléphone: j'ai les genoux en sang. *Tu risquais de sauter avec lui,* il dit.

Je me retourne. Le bord de la terrasse est vide.

*Il est parti*, fait Julie.

*Il est mort*, je réponds.

*Non, il est parti.*

Je réalise alors que le ciel est silencieux. La pluie d'étoiles a cessé. Les astres pulsent doucement.

*Il faut qu'on descende,* dit Elliot. *On prend un risque à rester ici.*

Chacun de mes pas pèse une tonne. L'un après l'autre, on se laisse glisser par l'ouverture du vasistas, on entreprend de redescendre les dix-huit étages. On ne dit rien, pas un mot, mes oreilles sifflent encore et le bruit de mes pas sur le béton des marches me parvient étouffé. Une fois au rez-de-chaussée, nous sommes prêts à bondir vers le grillage lorsque Julie s'arrête net. Elle coupe la lumière de son téléphone, se baisse, et nous l'imitons tous, par pur réflexe. Julie tourne son visage vers nous, la lumière du parking permet de deviner son geste. Index tendu devant sa bouche. *Chut.* C'est à peine si les lueurs vertes qui brouillent mes yeux me permettent d'entrevoir ce qui se passe. L'embrasure d'une fenêtre absente ouvre sur les grilles, et derrière ils sont là. Les hommes qui traquaient l'étranger. Ils sont là, je reconnais celui que j'ai désigné comme étant leur chef: son visage sec, ses lèvres serrées telle une cicatrice refermée. Ils ne nous ont pas vus, ils regardent vers le haut, plusieurs parlent dans une langue inconnue. *Neuf,* chuchote Norbert, *ils sont bien plus nombreux que je ne croyais.*

Ma peur revient d'un coup. Ainsi, tout ce temps, ils étaient encore là, ils n'ont jamais lâché leur proie, ils ont rôdé, flairé, cherché, fouillé, et ont même fait semblant d'avoir renoncé. *Qu'est-ce qu'on fait?* demande Elliot. *Après le bazar provoqué par la météorite, la police va arriver d'un instant à l'autre.* Julie répond d'une voix si basse que mon sifflement masque ses mots. On patiente quelques secondes, et, tout d'un coup, je vois le chien du vigile s'approcher de nous: il m'arrive quasiment à la taille, son pelage a la couleur exacte de la nuit. Je suis à deux doigts de crier, mais l'attitude du chien est étrange: un chien de garde est dressé à attaquer les intrus, alors que celui-ci ne semble pas vouloir nous dévorer, il trotte tranquillement vers nous, ses yeux brillent dans l'obscurité, il s'arrête juste à la hauteur de Julie.

*Bon chien,* elle dit, elle passe sa main sur ses oreilles. L'animal se laisse faire. Avec douceur, Julie tourne la tête du chien, elle trouve les attaches de la muselière et les défait. L'animal gémit de plaisir lorsqu'elle lui retire son masque de cuir. Plus rien ne devrait m'étonner ce soir, mais je crois bien que j'ai une fois de plus la bouche grande ouverte. Julie gratouille le sommet du crâne du molosse, masse les endroits où les sangles comprimaient sa gueule, et se relève d'un coup. *Attaque,* elle dit, et le chien saute par la fenêtre, se colle au grillage en hurlant en direction des hommes. Il écume, rage, grogne si fort et si furieusement qu'ils décampent de peur d'être aperçus.

Aussitôt, Julie nous fait signe de la suivre, on court vers le grillage. Il faut à nouveau escalader pour quitter le site du chantier, le chien continue d'aboyer et de courir en tous sens, il ne prête aucune attention à notre passage, nous ne sommes pas l'ennemi. Mes genoux sont douloureux, mes articulations crissent comme s'il y avait du sable dedans. Les grilles tintent, nous sommes beaucoup moins discrets qu'à l'aller, nous n'en avons plus le temps. Dans notre dos, nous entendons un long sifflement : le vigile rappelle son chien. Celui-ci jappe une dernière fois et détale pour rejoindre son maître.

Personne ne nous a vus.

Avec prudence, nous nous éloignons. Trois voitures démarrent devant nous. Les hommes ne nous ont pas vus. Depuis le début, je crois bien qu'ils ne nous ont jamais remarqués. Je suis un ado, un enfant, leur erreur a été de ne jamais me prendre au sérieux. À leurs yeux, je n'ai jamais existé.

Nous nous rendons dans l'un des parcs de la cité, nous nous asseyons en silence sur un banc. Norbert éclaire mes genoux écorchés et il rompt le silence en premier, en s'excusant de m'avoir fait tomber aussi lourdement. Je ne peux pas croire que nous soyons en train de parler de mes bobos alors qu'un homme vient de mourir. Julie me redit alors que l'étranger n'est pas mort. Elle le sait, elle le sent. Il s'est passé quelque chose cette nuit, quelque chose que nous ne comprendrons jamais.

Des gyrophares bleus l'interrompent. Des camions de pompiers et des voitures de police passent en trombe devant nous et se dirigent vers l'immeuble. Il est probable que la météorite qui m'a aveuglé et assourdi a fait des dégâts, elle s'est disloquée à très basse altitude, j'ai même cru qu'elle avait percuté la tour.

*Les étoiles filantes,* fait Elliot, *c'était un leurre.* Et comme nous le regardons tous en silence, il continue : *Ce que j'ai vu n'est pas possible et pourtant je suis sûr de l'avoir vu. À chaque passage d'une météorite, le ciel se transformait. C'est dingue, mais je jure que c'est ce que j'ai vu. Pile au-dessus de nous, les étoiles n'étaient pas à leur place. Les constellations n'avaient rien à voir avec celles que l'on peut observer depuis la France.*

Elliot marque un petit silence.

*Ou celles que l'on peut voir depuis n'importe quel point de la Terre. Il faut me croire, depuis que je suis môme j'observe le ciel avec mon père, je voulais qu'il soit fier de moi, j'ai appris à situer les constellations, à reconnaître les planètes visibles de notre système solaire. Quand mon père a quitté ma mère, j'ai continué à observer le ciel, non plus pour qu'il soit fier de moi, mais pour moi, parce que j'aime ça et que l'espace me fascine.*

*Tout à l'heure, quand tous les yeux et – certainement – tous les télescopes du monde suivaient les traînées de météorites spectaculaires, le ciel n'était pas notre ciel. Rien n'était à sa place. Je le jure. Je sais ce que j'ai vu. Pile au-dessus de nous, le ciel changeait, se transformait, reprenait son apparence ordinaire et se transformait à nouveau. Et, quand je reculais de trois pas, ça disparaissait, ce n'était visible qu'au-dessus de l'étranger.*

Un long moment, personne n'ose prendre la parole.

*Tu crois qu'il s'agit d'une sorte de portail, comme dans les séries de science-fiction ?* demande Norbert. Et comme Elliot ne répond pas, il ajoute : *En fait, les humains se planteraient depuis toujours en imaginant des machines pour voyager dans l'espace, des vaisseaux et des ovnis, il suffit d'ouvrir des passages.*

Au loin, les gyrophares éclairent les façades des bâtiments de leurs lumières tournoyantes. Beaucoup de gens sont descendus dans les rues et tout me paraît terriblement irréel une nouvelle fois : nous parlons de voyage dans l'espace alors que l'étranger s'est peut-être écrasé au pied de l'immeuble.

*Replier et déplier l'espace autour d'un point précis,* fait Elliot. *Il savait qu'il arriverait en Russie et qu'il repartirait trois mois plus tard. C'est pour ça qu'il ne voulait pas bouger, qu'il voulait rester dans l'immeuble. Pendant qu'on suivait la traînée des météores, il s'est passé une chose pile au-dessus de nous. Une chose…*

Personne ne peut l'aider à terminer sa phrase.

Petit à petit, les gens rentrent chez eux. Il est grand temps que j'aille soigner mes genoux et mes coudes éraflés.

Je me lève douloureusement. L'immeuble va être détruit demain en fin de matinée, on se donne rendez-vous pour être aux premières loges. Les pompiers repassent en silence, gyrophares éteints. Les gens réveillés par le *bang* ! fantastique se recouchent. Dans le silence revenu, on entend aboyer les chiens à des kilomètres à la ronde.

Julie et Elliot font deux pas.

*Peut-être,* je dis, *qu'il a profité de tout ce bazar pour s'éclipser en douce et descendre par l'escalier.*

Tout le monde me fixe.

*Après tout, on était tellement occupés par les météorites qu'il a pu se glisser à côté de nous sans qu'on l'aperçoive, non ?*

*Je suis certaine qu'il n'est pas tombé,* dit Julie en me fixant droit dans les yeux, et j'ai terriblement envie de la croire.

# 0

Et Julie a raison, parce que le lendemain, si tout le monde parle de la pluie d'étoiles, de la météorite qui s'est désintégrée juste au-dessus de la cité et de la démolition programmée pour la fin de matinée, personne n'évoque un corps qui aurait été retrouvé au pied de l'immeuble. Pas une ligne dans les journaux sur un éventuel accident.

J'ai mis mon réveil à 7 heures, je croise maman dans la cuisine, elle porte des baskets, un chemisier, un pantalon de toile légère. Elle a noué ses cheveux. Elle est prête à partir pour sa journée de travail, à remplir des cartons de médicaments le long de kilomètres de rayonnages. Elle m'apprend que Norbert est déjà parti s'installer aux premières loges pour assister à l'implosion de notre immeuble. Elle dit «notre» alors qu'on n'y habite plus. Le quartier va être totalement bouclé, il sera impossible de s'approcher trop près. Maman regarde l'heure et me dit qu'elle a cinq minutes, elle me propose de me presser une orange et j'accepte volontiers. C'est peut-être ça être mère: presser une orange à son fils alors qu'on pourrait flâner cinq minutes le nez en l'air sur le chemin de la station de tram. Lorsqu'elle me demande à quoi je pense, je réponds: *À rien.*

Au moment où elle prend son sac à main, je m'approche d'elle pour lui souhaiter une bonne journée. Elle arrête son mouvement une seconde, me regarde droit dans les yeux, elle me pose une question sur ce que nous avons fait hier soir, Norbert et moi. Elle a été réveillée par le bruit d'une explosion, elle s'est levée, elle a entendu les pompiers et la police, elle a ouvert la fenêtre, elle a vu les gens dehors, et elle a demandé ce qu'il se passait, une femme lui a raconté qu'une météorite avait failli tomber sur la cité. Au moment de se recoucher, elle a ouvert la porte de ma chambre et de celle de Norbert. Que papa dorme toujours avec ce boucan ne l'étonnait pas, mais nous aurions dû être réveillés. Elle a constaté que nous étions sortis.

Elle attend une minute que je réponde, regarde sa montre, sursaute, et me dit qu'on en reparlera ce soir, elle va être en retard. Elle hésite avant de se pencher vers moi et de déposer une bise sur ma joue.

Vite, je réponds qu'on a vu la météorite avec Norbert, et elle part en souriant. Heureusement que j'ai un jean et un sweat à manches longues, elle n'a rien vu de mes écorchures.

La destruction étant prévue aux environs de midi, j'arrive sur place à 10 heures, et déjà la foule est immense. La police a barré tous les accès aux rues menant au site. Les bâtiments alentour ont été évacués dès 9 heures. Plusieurs équipes de télé locales ou régionales filment. Un cameraman est monté sur le toit d'un camion régie. Un journaliste de Radio France tente de recueillir des témoignages sur le quartier. Il règne une ambiance de kermesse, quelque chose entre la fête et l'excitation d'un soir de match de qualification. Il ne manque que les vendeurs de merguez et de barbe à papa pour compléter le tableau. Je me coupe de la foule en mettant mes écouteurs. J'avance. *Sad but True* de Metallica plein les oreilles. J'ai épluché les journaux en ligne pendant trois heures ce matin : rien sur un homme tombé d'un immeuble, mille articles en ligne sur la météorite qui a cassé quelques vitres mais blessé personne, rien sur une mystérieuse transformation de la place des constellations dans le ciel. Elliot avait dit que tous les yeux seraient fixés sur les étoiles filantes.

Je me glisse entre les badauds et les curieux jusqu'au moment où je ne peux plus avancer, j'envoie un SMS à Norbert. Il me répond presque aussitôt, il a trouvé un spot plus calme pour voir le spectacle, il faut que je fasse machine arrière et que je longe le parc où nous nous sommes assis sur un banc cette nuit. Je le rejoins en dix minutes. Il y a moins de monde par ici, mais c'est tout de même la cohue. Norbert est tout excité, il n'a visiblement pas fermé l'œil de la nuit. Ce matin, il a pu s'approcher du chantier, les artificiers sont arrivés en même temps que lui. Visiblement, il y a eu un flottement causé par la météorite, la destruction de l'immeuble a failli être décalée de plusieurs jours, mais une équipe scientifique sur place faisait des relevés : pas de radioactivité, aucun fragment ne semble avoir touché le sol. Si le souffle a provoqué quelques frayeurs, les immeubles autour étaient déjà bâchés, les vitres ont été protégées.

*Et,* ajoute Norbert, *pas un mot sur l'alien. Il n'est pas tombé, c'est certain. Il s'est envolé.*

Je ne sais que répondre à cela. Mon téléphone vibre, c'est Elliot. Il arrive avec Julie, je leur indique où ils peuvent nous retrouver. Eux non plus n'ont pas l'air d'avoir beaucoup dormi.

Ils ont visité les mêmes sites que moi, écouté les mêmes informations. Un mystère est passé par ici, il s'est déroulé sous nos yeux, et j'ai bien peur que l'explication ne nous échappe à jamais.

La mairie a prévu une sono dans les rues et un animateur commente les opérations. À 11 heures, les mille deux cent quarante charges explosives sont placées et vérifiées. J'ai lu dans la presse que la méthode employée serait celle dite « du foudroyage », l'immeuble devra tomber droit en quelques secondes, à mesure que les étages seront soufflés par des centaines d'explosions provoquées à quelques millisecondes d'intervalles.

À 11 h 45, les micros annoncent que l'implosion aura lieu à midi pile comme prévu, une musique symphonique pompeuse est diffusée en boucle, genre film hollywoodien d'action, à mi-chemin entre *Pirates des Caraïbes* et *Star Wars*. Du coin de l'œil, j'aperçois une silhouette qui s'approche de nous, je reconnais les épaules un peu voûtées de l'écrivain. Il est venu lui aussi assister à la fin de l'immeuble. Durant les deux mois d'été, près de 180 pages ont été écrites par les participants à l'atelier, et pas grâce à moi, mais peu importe : c'est mon histoire et celle de l'étranger que j'avais besoin de raconter. Celle de l'immeuble a été écrite par les autres. Le livre sera imprimé à l'automne, j'en recevrai un exemplaire. Elliot accueille l'écrivain en lui serrant la main, je comprends qu'il ne nous a pas trouvés par hasard, il me serre également la main, je me sens obligé de lui présenter Norbert qui répond à peine à son salut, énervé qu'il est par le compte à rebours enclenché. On parle de tout et de rien, Elliot surtout lui raconte la météorite, il veut absolument écrire ce récit pour l'ajouter à la fin du livre.

Je cherche dans la foule le visage de papa, je ne sais pas s'il est venu ou s'il est resté couché toute la matinée. C'est son problème, en fait, cela ne me concerne pas. La destruction de l'immeuble, il la verra à la télé, aux informations, ce soir.

Est-ce que ceux qui ont poursuivi l'étranger depuis des semaines sont également là, dans le public ? Attendent-ils eux aussi pour être certains qu'à la toute dernière seconde leur proie ne sortira pas en courant de la tour ? Ont-ils compris cette nuit quand le souffle de la météorite a roulé au-dessus de la cité ?

J'ai beau chercher, je ne les aperçois nulle part, je serais capable de reconnaître le type au visage sec, celui qui m'avait questionné dans l'escalier le tout premier jour. Les autres ne sont que des ombres, anonymes, furtives et dangereuses. Neuf personnes, a compté Norbert cette nuit. Un autre mystère. Des semaines et des semaines, ces gens ont voulu mettre la main sur le fugitif. Que savaient-ils de lui ? Et qui étaient-ils ? J'hésite entre l'hypothèse de la mafia et celle des services secrets. Sans doute que je n'aurai jamais les réponses à ces questions.

Les mystères s'additionnent aux mystères.

Tout à coup, la musique s'interrompt. L'immeuble va être dynamité dans une minute. Les conversations environnantes baissent, c'est comme si tout le monde retenait son souffle. Un décompte débute. Dix, neuf, huit, sept, six, cinq, quatre, trois, deux, un, zéro, et rien ne semble se passer, puis le bruit d'une décharge traverse le ciel, je vois des nuages blancs naître sur la façade de l'immeuble : du bas vers le haut, et l'immeuble descend, comme si un grand trou venait de s'ouvrir à la surface de la Terre, il descend, descend, descend, s'enfonce droit dans un grondement sourd, il lui faut à peine une à deux secondes pour disparaître totalement de ma vue. Après, c'est un lourd nuage de poussière blanche qui s'élève du sol, une nuée épaisse et moutonneuse, lente et incroyablement dense qui n'en finit plus de jaillir de l'endroit où l'immeuble vient de chuter. La poussière masque les bâtiments les plus proches, elle avance à la vitesse d'un homme qui se promène, elle roule et enfle, mousse et écume jusqu'à nous envelopper d'un brouillard âcre qui nous force à fermer les yeux et à retenir notre respiration.

Voilà,
c'est fini,
l'immeuble n'existe plus,
il a été avalé par la Terre,
le foudroyage s'est déroulé sans accroc,
on peut supprimer cinquante années en quelques secondes.

Les milliers de tonnes de gravats seront déblayés dans les prochains jours, et un nouveau bâtiment poussera. Et, dans quelques mois, plus personne ne cherchera du coin de l'œil l'absence de la tour.

Je secoue la poussière dans mes cheveux. Je souris à l'idée que ce que j'ai vu est beaucoup moins spectaculaire que la moindre image du moindre film d'action. Le cinéma nous bombarde de villes entières détruites par des envahisseurs, des dinosaures ou des tempêtes monstrueuses. Pourtant, la destruction de l'immeuble est réelle. Comme le passage de l'étranger parmi nous.

Samedi prochain, ce sera le dernier atelier d'écriture avant la rentrée, l'écrivain nous invite à venir évoquer ce dynamitage. *Sauf toi,* il ajoute en me regardant, *tu peux venir pour continuer à écrire ce que tu souhaites garder pour toi.* Il me sourit et enchaîne : *Tant qu'une histoire n'est pas écrite, elle nous hante. L'écrire, c'est l'enterrer avec les honneurs et lui offrir une stèle pour que sa mémoire survive.*

Je lui demande si cette phrase est de lui ; il sourit encore plus fort et il me répond *peut-être.*

Lentement, je marche dans la rue avec Norbert. Une histoire est finie, en effet. La semaine prochaine, je serai au collège et il découvrira son nouvel établissement, il sera enfin en CAP de maçonnerie. On a quitté Julie et Elliot en se jurant de se donner des nouvelles. Personne n'a ajouté un mot sur l'étranger. Où qu'il soit, j'espère qu'il a retrouvé le chemin qu'il cherchait. Je ne sais pas encore si je suis triste de la disparition de l'immeuble, je le saurai sans doute bien assez tôt, l'essentiel c'est d'avoir un endroit où aller.

*Qu'est-ce qu'on fait ?* demande Norbert.

*Comme tout le monde,* je réponds, *on rentre chez nous.*

# Notes et remerciements

Ce roman peut se lire indépendamment des autres livres que j'ai publiés à *l'école des loisirs*, mais, pour les curieux, l'histoire de Norbert et de la grenade est racontée dans *La plus grande peur de ma vie*, la rencontre entre Elliot et les ovnis est racontée dans *Et les lumières dansaient dans le ciel* et les pouvoirs singuliers de Julie se développent durant son sommeil dans le livre *Dans la forêt de Hokkaido*. L'immeuble, lui, est présent dans les ouvrages *Plus haut que les oiseaux* et *Aussi loin que possible*.

Merci à la bibliothèque municipale de Reims et à la Drac Grand Est pour m'avoir accordé une bourse d'écriture qui m'a permis de me consacrer paisiblement à la rédaction de ce livre.

Une pensée à Georges Perec. Lorsque j'avais vingt ans et que j'ai lu *La vie mode d'emploi* je me suis dit qu'un jour je lui piquerais son idée de faire vivre les personnages habitant un même immeuble. Perec est également l'auteur du texte évoqué chapitre 7, lors du premier atelier d'écriture : « L'infra-ordinaire ».

Les bâtiments se détruisent, mais les individus continuent leur vie.

Ce livre est dédié à toutes les personnes qui sont en route pour trouver leur chez-soi.

Et – comme toujours – une dédicace spéciale à Zoé, Louna et Mélio.

Du même auteur à *l'école des loisirs*

Collection MÉDIUM

*Plus haut que les oiseaux*
*Et les lumières dansaient dans le ciel*
*La plus grande peur de ma vie*

Collection MÉDIUM+

*Aussi loin que possible*
*Dans la forêt de Hokkaido*
*Les étrangers (coécrit avec Olivier de Solminihac)*

Cet ouvrage a été achevé d'imprimer
sur Roto-Page
par l'Imprimerie Floch à Mayenne
en décembre 2018

N° d'impression : 93525
*Imprimé en France*